THY ROD AND THY STAFF

永夜微光

劍橋大學本森教授的生命告白

黑夜爐火

【英】亞瑟·本森　Arthur Benson —— 著

邢錫範 —— 譯

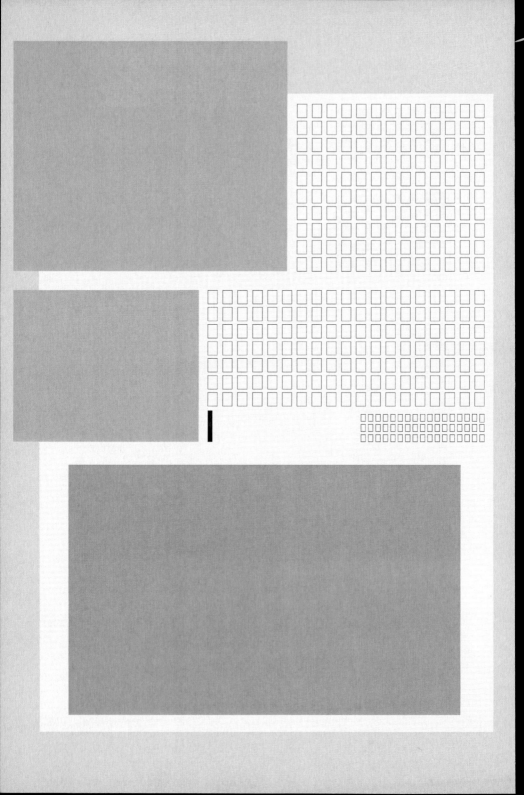

目錄

CONTENTS

前言

　　近些年來我寫了幾本書，講述的是我個人經歷過的一些事情，其中就有《對話寂靜》。在那本書裡我曾寫道，如果可能的話，或許哪一天我會說出我的美好計畫是如何破滅的。那時，我只希望自己能夠知曉失敗的原因。

　　事情總算過去了，現在你讀到的這本書記錄著我悲哀的經歷和奇特的冒險，剛開始是悲哀的，但整個過程是奇特的。事後想一想，此次經歷帶給我的收穫又是那麼美妙，我從中獲得了很多饋贈和教益 —— 我的生命意識得到了更新，過去舊有的、令人感覺舒適的希望和意圖不再束縛著我，我的靈魂有了明媚的前景，我的人際關係更加密切。對我來說，這樣的失敗不僅變成了一場勝利，而且還是一次歡樂的凱旋。雖然有些驚恐，我還是成功地從天堂與地獄之間的靈薄獄逃脫，回到現實世界，我認為這樣也許有些愚蠢，也許有點沾沾自喜。

　　不管怎樣，所有這一切我都要在這裡老老實實地做出坦率的陳述 —— 沮喪、苦惱、孤獨地在迷霧中

PREFACE

蹣跚，突然，美麗的景色閃現在我眼前，我用疑惑的
目光望著那高聳的山峰、順流而下的溪水和寧靜的山
谷。你可能認為，作者為了烘托一個主要人物而利用
對比的手法來製造效果，我的這些講述看上去似乎過
於戲劇性和誇張，我只能非常坦誠而又簡單地說，這
本書只是記錄我的冒險經歷，沒有虛構任何誇張或戲
劇性的內容。假如我是為了尋求讚譽，我可以不把自
己在歷險途中的煩悶窘態披露出來，那時的我極度無
能、非常怠惰、十分懦弱、無精打采、膽戰心驚。依
靠充滿希望的忍耐力和細緻的考慮，追求高尚的本性
也許可以使人生的一段悲慘經歷變成一個輝煌的片
段。但是，我自己的表現就像是《冬天的故事》[1] 裡

---

1 《冬天的故事》（*The Winter's Tale*），英國劇作家威廉·莎士比亞的
  作品，1623 年首次發表於《第一對開本》。儘管它首次發表時被
  列為喜劇類型，一些現代的編輯則將其列入傳奇劇。因為其前三
  幕充滿了緊張的心理描寫，而後兩幕為喜劇，並且有一個歡喜的
  結局，因此一些評論家，其中包括 W. W. 勞倫斯（William Witherle
  Lawrence, 1876-1958），認為它是莎士比亞問題劇之一。
  　《冬天的故事》的主要情節取自 1590 年出版的羅伯特·格林
  （Robert Greene, 1558-1592）的田園傳奇劇《潘朵斯托》（*Pandos-
  to*）。莎士比亞對情節的修改是一反常態得少，尤其考慮到傳奇
  劇非戲劇化的特點，莎士比亞的忠於原作使《冬天的故事》具有最
  顯著的特點：第三幕和第四幕之間有十六年的跨越。劇情在名字、
  地點和細節方面有稍作修改，不過最大的變化在故事的結果，埃
  爾米奧娜的復活和萊昂特斯的自殺。《潘朵斯托》裡的埃爾米奧娜

的那位被熊追趕的先生；這是一場憂傷而不體面的戰鬥，充滿著拙劣的彷徨和無助的疲憊。我根本沒有表現出任何戰鬥力，只是絕望地拖著沉重的步伐，盡力避開追趕我的怪物，低聲說些道歉的話，乞求寬恕。

　　讓我欣慰的是，正是這樣才結束了所有這一切，我又恢復了生機，儘管覺得有些丟臉。因為除了承受著命運的打擊，我並沒有贏得獎賞，只是四肢無力地回到以前的樣子。我不希望出現任何失誤，因為經歷了如此可怕的事情，我得到的卻是溫柔的對待。即使是在我無計可施的時候，我也沒有做過超出自身力量的努力，但是我卻得到了耐心的幫助，讓我越過一道道障礙。這是一次充滿希望的經歷。我有意接受磨難，我也確實經受了磨難，但我並沒有被苦難所壓倒，而且隨著日子一天天過去，我開始感覺到自己悲慘的境遇正在按照某個明確的目的演變著，各個環節得到了非常微妙的調整。我的大腦從未麻痺，我完全能意識到自己發生了什麼事情。如此一來，我有種被祝福的感覺，也就是說，我是受到了懲罰，但我也得

在被指控通姦後死亡，而萊昂特斯回顧他所做的事情後自殺。《冬天的故事》裡埃爾米奧娜的存活可能是為了創造最後一幕場景，與《潘朵斯托》相比之下主題有很大的變化。

PREFACE

到了寬恕。懲罰我是為了拯救我，而不是讓我得到報應。

那些看到我時常處在困境的人是不是認為這是我應得的，我可不這麼想，他們對我表現出的同情和關心讓我意識到，我受到懲罰似乎是那麼的不公平。我是一個有教養、善良的人，這樣的事怎麼會落到我頭上，如果說有什麼錯，那也是我做的太多，而不是太少。

不過這倒讓我燃起希望，而且不只是希望。一個人可能因受到病痛折磨而感到絕望，如果我們能夠了解他們的心理狀態，我們就會知道，他們也許會抱怨，但是不會反抗；假如他們真的要反抗，那也是由於過度執著於某些意念所造成的。除非我們本身順服於上帝，否則上帝也幫不了我們；假如我們無法心甘情願地、自發地順服於上帝，我們就必須學會如何將全身心交付於上帝，因為上帝創造了我們，我們是屬於上帝的。因此，我們唯有與上帝結合，並且先了解我們自身的弱點，接著意識到力量和幸福僅存在於上帝的意志中。這是我們所有人必須做出的改變，如果我們學會「改變」，痛苦的事情就會少一點。在這件事上，我們無法以自身意志決定自己所有的條件，或者

刻意安排條約去服從，我們必須像一個悔改的罪人那樣爬回家去，本沒有指望得到歡迎，可是難以置信的是，豐盛的飯菜伴隨著美妙的樂曲正在迎候我們，為我們帶來難以言表的驚喜，讓我們最後一次真正感受到什麼是恥辱。

寫於劍橋大學莫德林學院
亞瑟·克里斯多福·本森
1912 年 9 月 20 日

PREFACE

01

1909 年冬天，我大病初癒，這場病持續了差不多兩年時間。我的身體本來一直很好 —— 也許我不該這麼說，但就我的經驗而言，無論是對我這個患者，還是對我身邊的人來說，這可能是我遭遇過最可怕、最痛苦的一場大病。神經衰弱症、歇斯底里症、憂鬱症 —— 可怕的病總有著可怕的名字 —— 就是我所患疾病的醫學名稱，或者說我患了其中的一種。主要症狀是持續性失眠，長期情緒低落，還有無法忍受的精神痛苦。我的頭腦絕對清醒，可是卻經常感到絕望，我試過各種治療方法，比如靜養、泡溫泉、催眠等等，可是都沒有什麼效果。

我外出旅行了一個月，在這段時間裡，生命之光似乎一個接一個熄滅。那時我在羅馬，這是一座街道幽深、風情萬種的金黃色城市，音樂伴隨著河水流淌，有幾個小時，陰雲突然消散，露出明媚的陽光。記得有一個下午，我們來到塔斯庫勒姆（Tusculum）山堡的樓頂。那一天陽光很好，四周一片寂靜，栗樹林子裡的仙客來長得很茂盛，向下望去，一座特別奇異的城市像是一隻號角從青紫色的群山裡伸了出來，出現在我們眼前。還有一天，我們

外出走得很遠，來到羅馬的亞壁古道（Appian Way），那裡有許多墳墓。朦朧的暮色夾雜著紫色的霧氣籠罩在廣闊的平原上，我真希望陰鬱的午後時光能為我帶來內心的平靜，但可怕的厭倦感吞沒了所有的一切，彷彿我的生命之泉在逐漸枯竭。

接著我們來到佛羅倫斯（Florence），一座井然有序的銀白色城鎮。我不辭辛苦地在城裡走著，誠心誠意地想看到美好的東西，然而，轉了一圈，我卻覺得這裡的一切都有說不出的醜陋，我的病也越來越嚴重了，急著回家。回到家後我試圖讓自己沉浸在工作中，結果又一次精神崩潰，當我為了獲得細心治療而來到倫敦郊外的一家療養院時，卻碰上了最糟糕的一次經驗。這家療養院很好，裝修豪華，陳設考究，而且我得到了一位優秀醫生的特別照顧。他負責我的一切治療，無論多麼疲憊，每天傍晚他都會過來陪我，與我親切交談，希望用這個方法提振我的精神，使我高興起來。談論起他母親般的妻子，他能說出二十幾個有趣的事。一天又一天，我常常在早晨醒來，就能在舒適的房間裡聽到梧桐樹上鳥兒發出昏昏欲睡的呢喃。這棵樹很高大，樹頂上的枝葉快要伸到我的窗戶了，鳥兒就在那上面朝我這邊張望，似乎有些困惑，想知道我是否在屋裡。就在這時，原有的恐懼感急速地漫過我的腦

海，不可名狀的恐懼感、生活的痛苦就這樣奇怪地干擾著我的情緒，也許永遠不能恢復。從我房間的窗戶向下俯視，可以看到後花園裡兩排高大的宅邸。在對面，一個大宅子的一個房間，沒有窗簾也沒有百葉窗，在某個特定時間裡，常常有個人坐在窗前，擺弄著一種奇怪的機器，像是玩偶似的東西在繩上來回地快速搖擺。這個人的腦袋幾乎沒有頭髮，顏色很奇怪，我看不出他有什麼可辨別的體貌特徵。這番景象常常吸引我時時朝那邊凝望，並讓我產生了一種病態的厭惡。這個陰暗模糊的場面表現的是什麼樣的生活？我認為，我患病整個時期最糟糕的時刻就出現在那裡。在某個充滿生機、陽光的早晨，我來到一塊起伏不平的綠地散步。這裡視野開闊，眼前的景色不斷變換，還能看到城裡的煙霧飄向空中。我在樹木掩隱的幽谷裡找到一個長凳坐了下來，覺得自己已經被上帝和人類遺棄，注定要遭受某種痛苦的折磨，每一分鐘的疼痛都是無止境的，而且在每一分鐘裡，恐懼、厭惡、牴觸和憂鬱等情緒似乎都纏繞在一起。下午我通常是去俱樂部，會見幾個朋友，他們陪我散散步，或在一起消遣玩樂。我常常悄悄地外出用餐，而到了晚上，我的感官似乎變得遲鈍，陷入沉默；但是第二天早晨它們仍會召喚我醒來。這次療養結束後，我回到自己的家，無所事事，整天過著遊手好閒的日

子，只是處理一些必要的信件，勉強嘗試著見一些人，與他們交談，無力而又焦躁地參與生活。這段時間，不斷有人勸我出去旅行，或者換個地方居住。我去了英國許多美麗的地方，也見到了一些忠誠的朋友，他們都對我的病情表示難過和悲哀。儘管旅遊能使失常的大腦擺脫糟糕的憂慮狀態，但這需要相當大的一筆開銷，我不確定這是一個可以實施的策略。我無法確定，遊山玩水能使我過度緊張、疲勞的大腦完全放鬆下來，讓我不會感到百無聊賴、無精打采。但是關於我這種奇怪的病痛，是存在著祕密的 —— 也就是說，沒有人知道該做些什麼，或如何去幫助患這種病的人。實際上，即使是最聰明、最善良的醫生也只能像是站在酷刑室門口，聽著裡面被拷打的靈魂發出的呻吟。

經歷了這些病痛的折磨，六個月後我回到自己的工作當中 —— 假如我沒有離開工作，結果也許不會是現在這個樣子 —— 繼續掙扎，我只能做些日常工作，對任何事情都不感興趣。我的朋友竭盡全力幫助我，款待我，陪我旅行；我從許多醫生那裡得到了無微不至的關懷，其中有一位我需要特別提出來，他的名字值得我記一輩子，他總是能很好地完成自己設下的任務，他對我的照顧如兄弟般，令我感動。事實上，他們還設法消除我的疑慮，說

我的身體器官沒有什麼毛病，能為我做的真的很少。我認為，除非達到這樣的程度——即，患者常常渴望獲得永久性的休息，無論要付出什麼，甚至不惜以死亡本身為代價，精神疾病並不會危及生命。與世長辭的念頭幾乎無可避免地會使患病的人凝思細想，沉湎於自我毀滅的想法；但是我的活力，或者我的想像力，或者是我的怯懦，在很大程度上使我不可能想到自殺。我覺得，我的病影響的是我腦子裡的情感中心，而不是我的智力。如果可能的話，對任何一位患者我都會依據自身經驗提出忠告：避免過於興奮或心煩意亂，努力去過一種最平靜、有規律、熟悉的生活，盡可能以簡單方式度過時光。

　　我不打算大講特講自己的病，曾經有一段時間，我發覺自己的健康狀況逐漸好轉，我想提一些建議，寫點體會。不過我可以肯定，出於許多原因，還是不要詳述，就這個問題我與一個知己談論過。我認為，如果人類有能力表達，或者希望他們的表達有用，他們就應該把自己真實的、生死攸關的經歷講述出來。我接著說，如果你經歷過悲慘的遭遇，而且是你以前從未遇到過的重大疾病，徹底地改變了你所有的觀念和想法以及對生活的看法，如果不說出來供別人參考，似乎就有些膽怯和淺薄。我的朋友對我說：「是的，我同意你說的，但是有一點我很確定，你

01

這樣的病如果可以講述，也許應該講出來，但是你必須避開生理因素，只能從心理因素入手。」我馬上明白，他是對的。

　　我越是想這個問題，我的責任就變得越發明瞭。自從患病以來，我把自己遭受苦難的所有想法儲存起來備用——實際上，我也沒有什麼別的選擇，因為生活的快樂、情趣、熱情特別奇妙地湧入我的腦海，這是我生病的收穫。長期處在休息狀態，迴避所有運用腦力和影響情緒的活動，似乎將我滿腦子的疑惑、糾結和問題一掃而光。這就像是死而復生，生命的新開始，我的觀察力、讚美之心和生活熱情都得到了更新，我更加精神飽滿，更加快樂。毫無疑問，我以前寫過的許多書缺乏情感，過分強調對思想和情感進行自我省察，過分強調意義。我的病完全是因為進行過多的腦力工作和受到過多刺激所造成的，我應該受到懲罰，這是很自然的事。我康復後，主要致力於研究切實、具體、外部的問題。在早期的著作中，我總是試圖弄懂某種情感哲學，或者舉薦非常明確的觀點，現在我覺得有責任依據自己可怕的經歷對此進行全面的修正。如果說哪個人一如既往地過著自己的生活，即使可能不是那麼快樂，至少有著熱切的興趣和平靜的愉悅，那麼讓任何人都覺得可怕的經歷對他們來說一定更加恐怖。我經

歷過的黑暗日子──天天處在可怕、難以言表的恐慌當中──讓我學會了許多新的東西，使我更加了解人類、靈魂和上帝。這樣一來，許多複雜的事情就變得簡單了，生活獲得了新的平衡。我也許可以感激和謙恭地說，苦難，無論多麼沉重，多麼深刻，非但沒有增添生活的陰影，反而為我帶來了希望、驚奇和歡樂，我的生活得到了洗滌和加強。其實，心靈真的能夠不受傷地、清楚地穿過最黑暗的長廊，這一事實本身就證明了生命的活力和生命的神性。我的意思並不是說一個人只要縱身一躍就可以走出黑暗，奔向光明。我恢復健康後也經常有許多黑暗和麻煩的時候，但光已經不間斷地、獲得勝利般地照進來。

在古老的希臘神話裡，年輕的英雄珀耳修斯[1]不得不前往冥府去取一頂隱身帽，戴上這頂帽子就不用怕女妖致人死地的凝視，並使他得以接近蛇髮女妖戈爾貢[2]，他的任務就是殺死這個怪物。

他從崎嶇的地獄出口走了出來，臉色蒼白，表情凝重，渾身上下髒兮兮地沾滿了汗漬，越過地下之火的濃煙向遠處眺望，手裡拿著他的戰利品。假如我相信確實存在

---

1 珀耳修斯（Perseus），希臘神話中宙斯和達那厄的兒子。
2 戈爾貢（Gorgon，意為可怕的，另有人謂為高聲咆哮的），在希臘神話中，是一群長有尖牙，頭生毒蛇的妖怪。

著惡獸，對人類極其危險，能將人置於死地，那麼我應該殺死牠們！但是我根本不是鬥士，只是一個熱愛勞動、熱愛秩序、熱愛和平的人。正是因為我覺得我走過的路，無論我多麼吃力，多麼遵守秩序，仍舊不是一條和平之路，所以我才有所克制地談這件事；但是我要說，上帝在幫我。

02

　　我患病後的第二個夏天，一場巨大的災難降落在我頭上，我最好的一個老朋友因事故在阿爾卑斯山脈遇難。他叫赫伯特‧泰瑟姆[3]，我曾在別的書裡說過他的生活。我們從小一起在伊頓公學讀書，又一起進入劍橋大學，後來又回到伊頓公學當教師。我們除了工作上的來往，還經常在一起玩樂消遣；每年的復活節我們都會結伴去一個安靜的地方，一起工作，一起散步，交換讀書心得。在我接觸過的人裡，他無疑是最有頭腦的人，他有著驚人的記憶力，比我認識的任何人都能更快、更清楚地看出某個疑難問題的本質。如果說我獲得了一定程度的洞察力，能夠深刻理解一些複雜的、模糊的問題，那完全歸功於他的幫助。除了這些，在我所有的朋友裡，他的心地最單純，性情最溫和；他完全沒有野心，從不追逐名利；他熱愛自己的學生，熱愛自己的工作，喜歡自己平靜的家庭生活；他從未想過得到什麼特別待遇，絲毫不渴望獲得聲望和讚譽；他純潔

3　赫伯特‧泰瑟姆（Herbert Tatham, 1852-1912），英國教育家、作家、伊頓公學校長。本書作者亞瑟‧本森與泰瑟姆合著的一部《無冕之王》被列為英國高中生必讀書目；本森的《來自阿普頓的五十一封問候》也是與泰瑟姆先生的書信集結作品。

的心靈，他的仁慈厚道，他內心的平靜，真是無人可比。
由於患病，這段時間我和他沒有來往，這是讓我感到最悲
哀的事。他不止一次主動提出陪我外出旅行，但我真的是
想把自己受傷的心靈隱藏起來，不願讓他分擔我的痛苦。
整個治療期間，我只見過他一次，那是我狀態最糟糕的時
候，病情幾乎沒有好轉的跡象，我完全沒有希望。我察覺
到，這次探訪讓他的同情心和善心受到了極大的折磨，看
到我病成這個樣子，他真的受不了，恨不得能為我解除痛
苦，而我似乎已經無藥可救了。

太陽升起不久，我坐在哈洛格特（Harrogate）鎮一個
乏味的公園裡，看見幾個患者繞著妖豔的花壇在瀝青路上
散步，空氣裡傳來不知哪個樂團演奏的曲子，這時我的目
光落在報紙上的一個段落，那上面報導了一次旅行事故，
還說在旅行中遇難的死者來自克羅默（Cromer），不過姓名
中的大寫字母搞錯了。但是我立刻意識到泰瑟姆出事了，
而且我的預感當天就得到了證實。說來奇怪，儘管我忍受
著病魔劇烈的折磨，感到自己無限淒涼，那個滋味我都不
知怎麼說才好，總是認為自己似乎是在肆意浪費生命和精
力，應該開始反抗，可是老朋友遇難這個事件不僅沒有
把我推向悲慘的境遇，而且還帶我走出了困境。我甚至勇
於幻想更深刻、更奇怪的事 —— 從某種意義上講，泰瑟

姆的力量和寧靜來救我了。我覺得在這些黑暗的日子裡，我離他越來越近，這種感覺很奇妙，令人驚訝。他的遇難使我失去了兄弟般的夥伴，回想起與他在一起那些快樂、無憂無慮的日子，不由得讓我覺得苦澀辛酸。但是不能否認，從那時起，我變得更加堅強、平靜；而且我敢大膽地說，正是他的精神幫助了我。有一段時間，生活中，我時常回憶起我們之間長久的友誼和愉快的交情，悲傷地想到一些零碎往事時，我似乎被拋入夢一般奇怪的精神狀態。我回想起我們在山區的遠足，彼此常常並不說話，只是舒服地享受沉默、與自然和諧共存的感覺；還有我們在爐邊長時間地交談，真的是想到什麼就說什麼。

　　在一個早春的日子，我們一起去爬倫敦郊外一座山的陡坡，山上有些地方還有積雪，形成了一個個白圈，我怎麼也沒有想到，那竟然是我們最後一次一起爬山。在一個清新的早晨，我向他說再見，看著他向我揮手告別，臉上掛著為我擔憂的微笑；我也向他揮了揮手，然而我內心又重新籠罩著恐懼的陰影，我做夢也沒有想到這是我們的永別，他先我而去。我說不出我們之間的友誼和他的離世對我意味著什麼，我無比悲傷我失去了一生當中最好的朋友，這是我所經歷的最悲哀的事。關於這件事我不想多說什麼，只是我真的認為他幫了我的忙，幫助我邁開無力

的腳步走出黑暗 —— 儘管那時候的日子依舊黑暗，因為他遇難這件事怎麼樣也無法平復我受傷的心。因此，我足足苦惱了一個多月，經常陷入對往事的回憶當中，疲倦地四處旅行，尋找某種方式放鬆一下自己的心情，可是回家後，我卻覺得自己的工作沒有希望，沒有樂趣。

我可悲的狀態持續到第二年才算結束。雖然有說不出的不情願和沮喪，我還是接受了一項委託，每週為一家教會報紙寫一篇文章。他們沒有限制我寫作的題目，告訴我可以利用手裡已有的任何素材。我以前確實累積了大量的材料，還沒有整理出來發表，現在可以用來寫成隨筆或短文，所以我承諾試一試。我驚奇地發現，雖然有許多日子我什麼也寫不出來，只是呆坐在那裡凝視著眼前的稿紙，陷入無助的困惑當中；但是也有一些日子，我寫起來得心應手，文章寫得又快又好。這對我幫助極大，我也是從這個時候起開始過正常的生活，講一點課，接受邀請、外出聚餐，甚至偶爾讀讀報紙或發表演說。接下來的一個星期，儘管還有些虛弱和倦怠，我的精神疾病進入了一個緩和期，覺得自己變得平靜和安詳，不再那麼狂躁。我不敢對自己的未來設想什麼樣的願景，但是從那一天起，有好多日子籠罩在我心裡的陰影一下子消散了。那是在海邊小鎮騰比（Tenby），我在那裡度過了 1909-1910 年的冬天，我

第一次意識到我痊癒了。儘管身體和大腦稍微使用過度，還是會讓我有些不舒服，但是這樣的感覺很快就會過去，我有很多日子享受著平靜的生活。我記得很清楚，在一個特別的日子，我們去遊覽一座古老的主教宮殿的遺址，冬日斜陽平靜地照耀著常春藤遮蓋的塔樓和斷牆殘壁。我久違的、甚至感到陌生的光輝燦爛的幸福感又回來了。清澈的溪水流過枯萎的蘆葦地，流淌的還是古老的曲調；棲息在主堡厚厚的城牆垛口上的知更鳥在鳴叫著，牠那尖銳而又甜美的歌聲使我不禁熱淚盈眶。但是我仍然渴望向朋友悲嘆自己的憂患。在一個明亮的早晨，我與一個朋友一起散步，他曾忠誠和善良地陪我度過了最黑暗的那幾個月。我們繞過陡坡上的雜木林和長滿荊棘的灌木叢，歡喜地仔細觀察低窪的岩池裡的海葵，這個時候，我原有的頭痛又犯了，我便把自己所忍受的痛苦說了出來。我的朋友微笑著望著我，打斷了我的話。他說：「你一定注意到了，我們在一起的時候，我從未勸你說出自己的麻煩事。我很了解你所遭受的痛苦。實際上你是那麼清楚地意識到，你必須努力不去重新回憶那些糟糕的經歷，盡可能不去談論，因為過去的已經過去了。」這是一個很好的、明智的忠告，從那一刻起，我再也沒有說起自己的病，有些時候我真的感覺不舒服，我也只是滿懷感激之情去做懺悔。帶著

強烈的興趣、充沛的活力和十足的幸福感，我又回到劍橋工作，三年了，這還是頭一次。當然，仍然有些日子我的病痛還會復發，使我的嘴無法說話，使我無法動筆寫作。腦中的創傷治了一個月也沒有治好，但已經不是完全無法忍受，而且也沒有持續很長時間。

　　經過一段時間的強制性休息，我對生活、書籍、談話、思考又重新產生興趣，我已經好幾年沒有這種感覺了。有段時期，仍然縈繞在我腦海裡的唯一苦惱就是我變得軟弱無能，似乎已經失去了年輕時的那種活力。當我的同輩正在發現新的工作領域，新的活動內容，廣泛的影響範圍，我卻無精打采地坐在那裡，沮喪失望，對生活沒有熱情，對所發生的事情和新出現的概念不感興趣，常常陷入絕望和精神痛苦的狀態。如果能讓我卸掉一點職責，不讓周圍的人知道我不可救藥的悲慘境遇，我就感激不盡了。這是一個痛苦的過程，但又是一個有益健康的過程，透過這個過程可以發現我們真實的能力和水準。不過，我還沒有過於失去理智，察覺不到我的病是如何得到溫和的控制。假如我患病的時候從事著重要職業，占據著比較重要的職位，患病對我來說就意味著失敗，工作就會受到阻礙，最終結果就是辭職或退休。與此不同，我所從事的工作幾乎一直是我能夠有所作為的職業，完全與我的生活連

繫在一起，我所接受的任務也是我有能力完成的；同時，有些時候適當地拖延還是有益處的，可以避免倉促地寫出一些多餘的東西。我依據個人感受拼湊的一些書就是這個樣子，觀念模糊，過於內省，思維錯亂。以前，我的寫作致力於探索內心世界而不是外在的世界，所以失去了觀察生活和真實思想的視角。不過，由於有病，我就可以獲得我所需要的休息，不必擔心這麼做會使自己與實際生活和一定的職責分離開來。最後我終於明白，我所謂的忠實和明智受到了羞辱。我曾以一種自命不凡的氣勢來完成工作，不完全是為了炫耀，但肯定是為了達到某些效果。我曾試圖滿足自己的虛榮心，我曾試圖不費力地做出令人印象深刻的事，結果卻為了獲得滿足感而犧牲了自己的責任，平靜的生活變成焦躁不安的日子，這就是我的回報。難道我只剩下譴責自己了？我的機會是什麼呢？假如我發揮了自身的力量，或者對自我發展抱有希望，也許早就會有人真誠而又坦率地向我指明。但是不管是哪一條我都沒有做到，我只是把目標指向周圍容易相處的關係。作為院長，我對自己的學生感興趣，努力使我的小學院保持純潔和令人滿足的色調。但是做這種事不需要什麼自我犧牲，我在其他方面也曾有過野心，最終我看到，沒有人奪走我的機會，反而給了我機會。比如說，我的能力就與我所從

事的工作相符。

　　由於我的天賦不高，我最終只能盡我所能誠實地擴充自己不多的知識量。同時，我的止痛藥多得是。我認為，人們仁慈地把這些藥送給我，就像為易怒的孩子送去玩具。我喜愛過安逸享樂，金錢和尊嚴，友誼和文化，面對這些，我也曾心滿意足，因為我不配接受更高層次的餽贈。就我的病而言，如果是發生在一位比較狂熱、心高氣傲的人身上，很可能就有其悲劇意義。但是對我來說，我的性格會使事情變得相對容易一些。我是微不足道的人，反而可以保持輕鬆愉快的心情，而且我也不必無力地恪守起源於模糊理想的那種謙恭有禮的舉止。經過一次次祈禱，烏雲真的在我頭頂散去；我走出黑暗之谷，踏上比烏拉的土地，四周是漂亮的林地景色，身邊還有悠然自得的牧羊人陪伴。當我的痛苦再一次出現，我不僅從未悲嘆或怨恨過，而且在黑暗背景的襯托下，越發顯現出我平靜生活的魅力和意蘊，我的生活本身就放射出精美的光輝。當一個老朋友對我表示親切的慰問，並說我的病阻礙了我的事業發展時，我一下子就明白了他的意思。可是我認為，我的病根本不是什麼阻礙，那只是對不安的虛榮心和完全不能實現的野心的尖銳批評。因此，恥辱的山谷對我和我這樣的基督徒來說，就成為整個朝聖路上最幸福的地方。

那裡能為我帶來更大的收穫，而且我很想現在就說一說；但是此時，牧羊人內心平靜的歌聲變成了我內心的歌聲：

低位者無患跌落，
低位者無可驕傲。

我是在盡我所有的力量隨聲應和。

以前我寫過一本書《靜水之旁》，帶有強烈的寓言色彩講述我的事業，那本書的錯誤之處在於其莊嚴的自我意識。我以為自己正在做著很好的、超凡脫俗的事情，在一個人的生命全盛期尋找一種退隱方式，其實這意味著我描繪了一幅沉思者歸隱山林的迷人畫面，引起了那些庸庸碌碌的人們的嫉妒，我現在說的退隱與這個意思不同。為什麼不向別人隱瞞我的新經歷，我有著充分的理由。也許有些人走過與我相同的恐怖之路，人生目標和抱負同樣未能實現。我想盡可能說清楚的是，儘管這種懲戒似乎一天天地變得完全不能忍受，我們不僅有可能忍受懲戒，而且還有可能最終清楚地表現出感激之情，對未來懷有希望，因為我們的局限性得到了明確的界定，我們面前的路非常暢通。我不是說理想與抱負如此容易消失，但是我們不再自命不凡，我們會謙虛地承認自己是失敗的人，沒有成功地運用力量和機會，未能成為對社會有用、有一定影響力的

人，同樣未能為自己在塵世建造一個小的至福之地，在那裡所有粗糙的成分都要被輕蔑地排除。也許在這之前還有更多的經歷值得說一說，但是我幾乎預料不到。我現在寫的是為了安慰他人，不是為了我自己的快樂。當我這個徒步旅行者從渦流逃脫出來，避開了深海巨怪和小島林地裡的魔女，我自然是滿心歡喜。

03

　疾病本身是能夠忍受的最嚴重的痛苦，因為所有疼痛和痛苦的背後推手正是疾病。身體由於其他原因而引起的疼痛和痛苦只能在大腦的某個區域留下印象，但是我患的這種疾病，正是大腦這個部位本身遭受折磨，所以大腦將受折磨的感覺重播，與所有類似的印象，無論是高興的還是痛苦的，攪拌在一起，使所有的記憶和所有的聯想都受到毒害。當失常的大腦接收到令人愉悅的情感騷動，大腦就會對自己說，曾經有一段時間這種情感是令人愉悅的；但是現在只能用來標示和強調對比，因此，所有的快樂在一開始就受到毒害，大腦唯一的避難方式就是盡可能遠遠地逃避所有的印象。即使是再美好的感情和同情心，也只能成為邪惡之火的燃料，同情心不會帶來安慰，理解「同情」這種行為本身也只會造成痛苦。

　那麼，從所有這種痛苦的懲罰中就顯露這樣的問題，即這一切意味著什麼，對我自己和其他人來說，這一切的重要性是什麼 —— 讓我努力對自己絕對誠實。回顧一下，在我人生歷程開始時，我沒有任何罪惡的動機，但是從另一方面看，我也沒有任何無私或高尚的抱負，因為我

喜歡安逸、娛樂和舒適勝過一切。我對許多人事物沒有深厚或強烈的感情，實際上卻很容易贏得他人的好感。我具有某些確切的能力和活動領域，在生活的某些方面有著一定的天賦，無論是演說還是寫作，都可以做到表達清楚，吸引聽眾或讀者，可是我的這些能力在逐漸變弱。你不能把你沒感覺到的快樂傳達給別人，而這種可怕疾病所帶來的沉重負擔致使你對美好的事物、興趣愛好、人情世故和日常生活漠不關心。難道我自己變得更強壯、更有耐心、更勇敢了嗎？一點也不是。恰恰相反，我發現自己懶惰、無精打采、昏昏欲睡、冷漠。恐懼、憂愁和悲傷所帶來的精神負擔讓我焦躁不安地度過每一天，越來越傾向於抓住每一個細小的機會讓自己得到緩解。這是精神疾病最折磨人的地方，讓你失去自己的力量和戰鬥意志。儘管我希望為他人服務，就像以前我充滿熱情和樂趣時做過的一些事情那樣。可是我現在沒有什麼可以給予他人的，也拿不出什麼與他們分享，我甚至沒有發覺自己變得習慣於受苦。相反，我覺得久治不癒的病每一次發作都令我更加痛苦不堪和沮喪。我沒有獲得任何力量來幫助自己。在痛苦的時刻，我求助於任何提供幫助和安慰的方式；我空虛的心靈就像諾亞方舟放出的鴿子，急切地拍打著翅膀，卻發現四周仍是一片汪洋。

人的眼睛無法檢驗我的痛苦，人們的手撫慰不了我的痛苦，上帝似乎也對我的痛苦漠不關心。假如我不小心踩扁了一隻柔弱的小蟲子，使牠致殘，我至少可以讓牠結束痛苦，我不會站在那裡輕蔑地以冷酷的目光看著小蟲子掙扎著死去。所有痛苦當中最令我苦惱的是，上帝創造了我，卻又讓我受到如此懲罰。我看到了自己的罪惡根源——那就是缺乏勇氣、缺乏活力、缺乏自律，盲目地追求高尚的動機，急於貪圖一時之快；但，不是我讓自己如此的。這些是我在自己身上找到的品性，我之所以受到懲罰是因為我就是這樣被創造出來的。

最糟糕的是，我對正義有著本能的要求，能夠感覺到什麼是公平，可是對發生在我身上的事卻根本看不到公平公正。這就像有人看見一個孩子喜歡鮮豔的、芳香的東西，於是在孩子的旁邊放上某種有香味的、漂亮的飲料，裡面混入致命、有害的藥物，看著孩子喝下去，然後嘲弄孩子的痛苦。我的悲哀也在於此，我被賦予那麼熱烈的愛，喜歡所有美麗、討人喜愛的東西，所以我對那些更高尚、偉大的東西沒有深深的衝動。遵循我的本能，我已經走進亂石叢生、淒涼的荒野。樂趣的毀滅並沒有在我身上播下任何高貴的種子，相反，我的時光卻用在回顧往日的歡樂。面對生活中的歡樂，一些嚴肅的哲學家們武斷地認為多

數的歡樂皆為浮華虛無，這點我還未完全理解，但我依舊呼喚著頌唱歡樂的歌。快樂與和諧，自然景色與天籟之音，工作與生活的樂趣，書籍、藝術和音樂，對所有這一切我似乎比以前更加渴望，我無限地需要它們。

我就像是被關在監獄裡的人，透過柵欄往外望，看到愛和健康，溫暖和光明，流過的小溪，人們的活動、笑聲、熱情和氣息。這些美好的東西沒有變，如果說有什麼改變，那就是我變了。這並不是說我自願要刻意改變什麼，可我已經意識到到更高尚、更自由的某種精神正在我的內心世界裡復甦，但願這不是損失，而是收穫。日子一天天飛逝而過，我越來越深地陷入懶散和徒勞的懊悔和絕望之中。難道這是上帝向靈魂發出的訊息？如果可以，我會相信和熱愛上帝，可是在我們之間有一條不可逾越的鴻溝，我跨不過去。

那麼剩下的是什麼呢？那就是還要過下去的日子 —— 無論我的生活多麼輕微和受到限制，還有透過愛和友誼把我與其他人連繫在一起的靈魂，要承擔的責任，要說出的話，要完成的行動。儘管上帝由於某種原因不讓我看到祂的面目，但是祂並沒有遺棄我，我的這種感覺遙遠而又模糊，但我感覺上帝就在那裡，我不知道這種感覺是如何維持並存活下來的。如果我的意志能夠更堅強一點，我所有

失去的和我所有本應該做的，都會使我焦慮不安，如坐針氈。上帝的意志似乎是為眾生，這種意志應當在光明、愛情、歡樂中越來越強大地提升。所以我應當落入自卑、絕望和恥辱當中，如果不是這樣，我的痛苦還沒有結束。而且我也承認，我自己的內心裡有一種力量，熱切地想擺脫憂傷的陰影。我經歷磨難的那幾年的回憶已經對我失去了任何威脅力。回顧起來，所有一切變得明亮了，美好的東西還在，黑暗時刻就像灰燼一掃而空。

04

我患病期間，最讓我感到憂鬱的是前往阿什伯恩[4]——真的很憂鬱，因為從健康方面講，那裡本應該是我盡情享受療養的地方——一座美麗的小鎮，有著雄偉的教堂，古式的學校，精美的喬治時代的房屋，所有這些都彰顯出這裡的優良傳統，以及身為其公民的自豪感；而且這裡離峭壁林立的多夫代爾山谷很近，著名作家艾薩克·華爾頓[5]就最鍾愛這裡畫一般的峭壁和空中林地。同樣，先後有三位忠實的朋友一個接一個地來陪伴我，為我加油打氣，幫助我消除孤獨感。但是我在那裡飽受憂鬱的困擾，那個辛酸滋味真的難以形容。我們住在一個漂亮的老式鄉村別墅裡，現在是一家旅館，位於大街的一端。緊挨著我的房間有一座假山，在這春光明媚的日子裡，我總是醒得很早，清晰的光線透過窗簾照進來，聽見樹枝上禿鼻鴉晃動著身子在鳴叫著，一個小時又一個小時過去，我彷彿處於極度絕望的狀態中。

4　阿什伯恩（Ashbourne），位於英國米斯郡的一個鎮，因鎮上的多處歷史建築和獨立商店而聞名。

5　艾薩克·華爾頓（Isaac Walton, 1594-1683），英國作家，代表作有《釣魚大全》等。

前幾天我又去了那個地方，還是住在上次住過的房間。我不只體驗到完全沒有病態的陰影遮蔽的感覺，而且目前忙碌、心滿意足的狀態本身就在過去漆黑的記憶襯托下，以光芒四射的感激之情顯現出來。令我驚訝的是，我無法憶起我在這裡的憂傷；但是我非常清楚地記得自己散步時走過的每一條路，而且知道那個時候自己是漫不經心，拖著沉重的步子走的，與此同時，記憶堅持把我上一次的到訪重現為一段真正的喜悅和幸福時光。我來到教堂，我曾在這裡參加過一個熟悉和親切的儀式，然而當時的我看來就像接受有如精神折磨般的拷問。我步行前往多夫代爾山谷；儘管上一次我疲憊不堪地來過這裡，但是腦子裡還在繼續回憶曾見過的景色，彷彿我曾經滿懷熱情，快樂地觀察過這裡的山水。多麼不可思議的魔力，這種魔力似乎能消除過去所有的陰影，好像這些陰影從未存在過，而且能夠向你展現一個美麗的畫面，一切都帶著有愉快回憶的金色之光，這些能夠不知不覺地使所有悲哀的價值觀變形，取代陰鬱的忍耐力，貫穿其中，這一切我都可以觀察得到，這是一種奇怪的、關乎現實的幸福感和滿足感。於是，我日復一日地對自己說，不要容忍那種生活方式。「那種生活方式」，亦即：就算是再微小的偶發事情──例如暴雨或耽擱，都會使我發脾氣或焦慮不安；友伴們表現出的最細微的不滿情緒似乎都是我無法克服的

困難。現在我需要慎重努力地去回憶這些，聽從本能去回憶一切是一種輕鬆愉悅的經歷。

　　頭腦在回顧往事時若能忽略所有悲哀的因子，那麼這種能力肯定是美妙而大有希望的。這能夠說明，無論再怎麼悲劇般的經歷，根本影響不了創傷的癒合。假如記憶存在於血肉之軀，沒有任何事情需要懷著憂懼的心情去考慮。失敗、不幸的事，甚至罪惡也許都可以在祝福的聖光裡看到，它們同樣在塑造靈魂的過程中起了作用。你甚至用不著後悔，因為這些不過是我們表現出某些缺點的跡象，我們有必要去攀爬通往天國的階梯。如果你想起對別人做過的錯事、糊塗事，你的憤怒，你暴躁的脾氣，就會認為這些行為不該受到鼓勵；但是，一個被冤枉的人不僅已經忘記了我們不端行為帶來的刺痛，而且已經把不好的事砌入閃閃發光的記憶宮殿裡，還有什麼必要後悔呢？我們沒有必要把過去的和做過的事情放在心上，這些已經為我們累積寶貴經驗做出了巧妙的貢獻，而回憶則把我們體驗過的轉變為豐富和奇特的經歷。這不是說我們透過對喜悅的追憶來欺騙自己，相反，如果我們為眼前的狀況和所遭遇的麻煩而著急或煩惱，那才是在欺騙自己。有些過程我們必將經歷，有些懲罰我們必將經受。一切都會很好，回顧起來也會覺得很光榮。正是因為存在於我們內心的靈

魂起了作用，這一幸福的轉換是崇高、慷慨、令人高興、不屈不撓的。正是因為理性和想像在欺騙我們，但內心的靈魂更聰明，就像一條蘊藏著金砂的河流，將金子沖入河床的縫隙和空洞裡。

　　奇怪的是，歡樂幸福的時刻，我們覺得時間過得飛快，對時間的概念是那麼模糊，有著懶洋洋的滿足感和閒散的心情，覺得每件小事的細節都那麼甜蜜。當我們不得不面對悲痛的事，時間卻邁著沉重的腳步走得極慢。我們受到誘惑，認為幸福是錯覺，悲傷是苦澀的真理，那是多麼令人痛心啊！然而，時光流逝，我們在路上的某個拐彎處轉過身回頭看，眺望著靜靜的山谷，我們曾是那麼艱辛地穿過這片幽谷，腳上流著血，喘著粗氣。可是心靈已經把所有這一切棄置在一旁，為所有對我們有好處、值得忍受的苦難塗上光彩奪目的色調。假如我只是正確地做出了解釋，那就表明在人生的歷程中不能沒有磨難，甚至在我們最黑暗的時刻，找不到明確的方向，我們也從未偏離上帝之手的掌控，祂會向我們伸出援手，挽救我們。

05

在我患病的大部分時間裡，我最大的憂慮就是害怕自己的智力突然衰竭。曾經有一段時間，我只能無助地坐在那裡，任憑恐懼感越來越強地向我襲來，勢不可擋地吞沒我身邊的所有事物，讓我感受到極大的痛苦。即使是把我放在魔鬼的大鍋裡煮，致使我瘋狂地喪失理智，那又會怎麼樣？有些時候我總是擔心，如果某個人突然出現在我面前，我是否能說出明白易懂的詞句？這樣的事確實發生過，我發覺自己總是能夠適時做出反應，比如說，為顫動、沸騰的容器蓋上蓋子，或與他人做基本的交流。可是我的恐懼感太強烈了，所以出門時我總是隨身帶著一個信封，裡面的信紙上列出需要做的事，以防我出現精神崩潰的情況。到了晚上，我把可怕的信紙燒掉時，我會慶幸自己幸福地度過了一天！

我常常急切地想知道自己能以什麼方式控制和征服這種恐懼感。在某種程度上，這是不真實的事物，因為我的感官根本沒有受到損害，備受折磨的頭腦卻反覆不斷地發作，充斥著豐富的想像和各種模糊的可能性，總是擔心有什麼可怕的事情在等待著我，意志力似乎無力幫助我。

恐懼感是我們人類遺傳因素中非常奇怪和可怕的一部分。我認為，其存在的理由是生存的本能。如果不是因為恐懼，害怕死亡，我們往往會傾向於完全終結自己悲慘的境遇，在面臨危險時做出很少的努力來解救自己。緊急關頭，恐懼感能夠迅速地喚起我們的創造力，這是能使我們活下去的一種本領，遠比我們其他的能力更為重要。

　　有些令人厭惡的東西卻在干擾我們的樂趣，假如一陣突然而至的恐懼感使你在歡樂的時刻大吃一驚，不僅會使你的快樂情緒蕩然無存，還會讓你感到困惑，不知道什麼時候可以有心情或者有勇氣享受樂趣。然而，這是一件非常特殊的事情。我們都知道自己終有一天會死，這一常識至少在人們的日常生活裡是不會帶來太多影響的。即使人們患上絕症，如果已經習慣死亡，他們就會失去恐懼感，甚至為自己終於有了這樣一個無所顧慮的時刻而感到慶幸。奇怪的事情在於，儘管我從不知道會發生什麼事情，無論多麼不幸，多麼令人震驚，人們能夠預料事件的發生，卻沒有學會控制恐懼感。在寫這本書時我想到了一個悲慘的故事，那個故事使我受到打擊，如果有人事先告訴過我，這件事即將發生，我不可能接受；但是當事情發生了，我卻以奇怪的寧靜加以對待，把它等同於所有的緊急事件。

　　你越是有恐懼感，你就越容易養成恐懼的習慣，允許自己有這樣的感覺，從而使自己的精神狀態更加糟糕。最好不要直視悲慘事件，除非你有義務或被迫這麼做。你不可能透過訓練使自己這麼無動於衷，如果你能更好地應對恐懼感，你就會使自己變得更快樂一些，更灑脫一些。人性裡有一種奇特的本能會阻礙快樂，這就是嫉妒，在古希臘神話中，眾神對過於幸運的人就強烈地表現出這種概念。古希臘人生哲理認為，成功的人一開始是快樂的，接著他們的快樂就呈現出粗野傲慢的特性，而這也預示著他的災禍近在眼前，古希臘人把這種極端愚蠢的行為稱之為致人毀滅的盲目衝動。你可以在羅馬人和猶太人身上看到與此相同的本能。古羅馬詩人賀拉斯（Horatius, 65 B.C.-8 B.C.）說，受過良好教育的人往往羞於談論自己的成功。希伯來語詩篇作者說道，敬畏上帝是智慧的開端，這種敬畏不是抑制罪惡的那種恐懼，而是指另一種恐懼，那就是飛黃騰達本身就含有災難的種子—— 爬得越高，跌得越重！

　　真實的情況是，我們常常忘記自己生活在這個世界需要獲得經驗，我們總結一些偉人的生平時，很少自問一下，偉人在自己的人生歷程裡是否也不可避免地遭遇過失敗和磨難，而是以為他們一直在不斷地獲得成功。

我們為什麼對面前出現的一些事物感到恐懼，其實並沒有什麼真實的原因；我們不應該本能地感覺自己正在做的事情似乎是正義的，是在以某種方式平息天譴，就像一條狗，聽到主人憤怒地朝自己喊，嚇得一下子倒在地上，無奈地放棄抵抗，我們應該在各方面分散自己的注意力，透過工作、消遣和學習的樂趣來驅除恐懼感，而不是向恐懼感屈服。一位老政治家說過：「我一生遇到過很多悲慘事件，但最糟糕的還從未出現。」

　　我將在別的地方講到生活的兩種類型，它們非常奇特地混合在我們每一個人身上，一種是外在的，那就是符合習俗和慣例以及日常交往規則的理性生活；另一種是內在的，那就是心靈隱祕的活動。正是理性和想像力縱容恐懼感，所以要盡可能地活在內心體驗當中，一種孤獨、穩定、無煩惱的內心生活。有一個奇怪的著名團體叫基督教科學派[6]，這就是他們的祕密，實際上也是所有寂靜主義者和神祕主義教派的祕密。

6　基督教科學派（Christian Science），亦譯為基督教科學會、基督科學教會，1879年由瑪麗・貝克・艾迪（Mary Baker Eddy, 1821-1910）創立，總教堂位於美國麻塞諸塞州波士頓。此教派的教義主要來自她所著的《科學與健康暨解經之鑰》。艾迪宣稱，既然上帝是絕對的善與完美，那麼罪、疾病和死亡都與上帝無關，因此都不是真實的。這個物質世界是虛幻的，真正的真理和存在都是在精神層面上，所有物質上的「錯誤」都可以靠更高層次的靈修來解決。

　　基督教科學派在很大程度上受到虛假甚至愚笨的形而上學的阻礙；但是其精華和力量在於其崇拜者的不斷實踐，可以說，這些信徒突破了外在的、忙碌的、焦躁的、理性的短暫生活和人類有限的能力，一心投入到深深的、平靜的內在生活。他們根本沒有必要為了這麼做而宣稱信奉基督教科學派的教義。做這件事是克服肉體生活障礙的唯一途徑，可以幫助信徒擺脫沉悶而又雜亂的世俗生活。他們的錯誤之處在於試圖假裝認定外在的邪惡根本沒有在那裡。實際上，邪惡還在那裡，還是那麼急迫而強勁，而且由於其帶來了各種令人不安的痛苦，邪惡使我們做出了很多奇妙的事。但那只是轉瞬即逝的東西，就像河面突然出現的漣漪，而寧靜則像是永恆不變、清澈透明的水流，始終在河裡流動著。真正的征服是認知真實的價值。如果我們被一些有名無實的身外之物所迷住，比如地位、身分、習俗、抱負、成功、安逸和財產，我們就會繼續恐懼，因為恐懼感往往是和這些東西交織在一起的。如果我們意識到，簡單樸素、慷慨大方和樂趣，親密關係和真誠友誼，這些才是真正的生活，那麼恐懼感就會逐漸消失，因為這樣的生活與那些東西沒有關係。這樣我們就能感知，無論隧道多麼長，多麼黑暗，靈魂都能毫髮無損、勇敢地穿過，也許臉色有些蒼白，身心有些疲憊，但是我們可以滿面笑容，最終進入光明。

06

　　疾病的疼痛已經足夠折磨人，但因威脅不到內心深處的靈魂，還不至於使人受不了。我回到生活當中，不再懼怕疾病——的確害怕疼痛本身和受苦，但是不害怕生活。船帆破了一點，但是能比以往承載著更多的風。儘管有些日子整天疼痛，那個時候你似乎在生命中找到了最深層的東西，但是在隱蔽的地方總是存在著一種可能性，也就是說，對你的祝福也許可以使你的緊張情緒放鬆，而且生活一直都存在在那裡，在陰暗之塔和陰暗之屋的外頭，不時襲來的痛苦靜候在那裡。

　　於是我帶著一種比以往更深切的好奇心回來了，很想知道是什麼緩解了疼痛。我不能裝模作樣地說，那個時候我就能感覺到，疼痛的背後存在著愛；但是力和運動就隱藏在疼痛後面。讓我感到恐怖的是，疼痛似乎抓住了我不放手，準備停頓在那裡，而且似乎不會越過我向前走去。我擁有的所有財產和物品形成了一道壁壘，而疼痛就好像把我推靠在這面牆上，使我無法超越。這一直是我病情的弱點，我從不把自己得到的東西傳遞下去，這些東西來到我身旁，我接受了，然後就放在那裡。我就是這樣沒有注

意到生活的意義，因為生活的意義似乎就涉及這個問題，也就是說你不可以老是想著把東西留住，而應該考慮傳遞下去。當最好的東西來到我身邊，如同詩篇作者說的，我的歌只是為我自己的歡樂而唱，而不是我想把歌唱給別人聽。令人悲哀的就在於此；我確實能夠盡可能清楚地了解到，生命的力量和意義在於渴望把美好的東西拿出來與他人分享，或者更好一些，捐贈出去，而不在於獨自欣賞或享受這些東西。在我看來，美好的東西，它們的光澤、色彩和形狀，它們的魅力和精妙，甚至它們的價值和缺陷，你對這些越是有感覺，你就越變得很難割捨。我以前的生活就是這個樣子，我似乎為別人做過一些事情，可實際上我並不是為了他們的利益而做的，只是為了滿足自己的需求，獲得能看到的和享受的寧靜。在我從事教學工作的二十年裡，情況就是這樣 —— 我努力工作，爭取創造平靜、有序、美麗和純潔的校園氛圍，並不是因為我具有強烈情感，渴望讓大家來體驗這樣的氛圍，而是因為這麼做可以安心、平靜地品味自己的工作。我承認，失去自我就會找到自我；但是這如何才能實現呢？我看到有些人無論多麼不愉快，仍勇敢、真誠地承擔著他們假想的職責。但是看上去，他們的職責似乎從未觸動過他們的內心，像我一樣，他們似乎沒有放棄自我，而是不屈不撓地加強自己

的孤獨感。另一方面，你見過一些人，他們缺乏責任、正義和權力方面的理論指導，無論什麼時候都在喪失他們自身和他們的工作，簡單而不費力氣，因為這是他們的做事方式，而不是他們的選擇。我家的老保姆就是這樣一個人。她因病曾長期臥床不起，頭腦時而清楚，時而糊塗，前些日子去世了。究竟什麼是幸福，她從未想過，甚至從未有意識地去考慮什麼是責任，她把自己一生的活動和想法都獻給了她所愛的人。對他人，她有著精明、不是一味容忍的判斷，但是她從不拿自己和別人做比較。她只是做好自己的事情，對安逸和歡樂沒有多少欲望；如果家裡誰患病了，照顧病人是她最高興的事，每一件細小的工作她都記在腦子裡。這不是忍讓，因為與意志根本沒有關係；這不是說一個人善良或不善良，這是一種樸素的愛。由此可以說，這是世界上最完美的行為，因為這裡面不含有任何算計或被迫的因素，就像河水自然地流淌，就像玫瑰花開那樣芬芳，似乎也像是靈魂世界的心在跳動，內心深處的靈魂在呼吸。關於我偉大而又黑暗的經歷，我也許會犯下的錯誤是經受不住誘惑去考慮：「從中我獲得了什麼？」那時，你似乎只是在所有熟悉的人中散播痛苦，他們見過你受難，卻無力幫助你。即使你試圖採用更大的視野，問道：「一個承受如此沉重的磨難，不可避免地忍受著世俗

悲傷的人，會在什麼地方有所收穫嗎？一個喝下了那麼多苦酒的人，就能為其他人減少生活中必須有的一些疼痛嗎？」對此好像沒有什麼答案。正是不知道痛苦是否與世界或自身有關聯，才使得痛苦難以忍受。缺乏這種意識，這樣的痛苦似乎就是以令人難以想像的方式在浪費生命。即使知道這是一種浪費，那也是另外一回事，因為接下來至少有所調整。人們當然希望，痛苦的經歷只是爐渣般醜陋無比的東西，曾經有用，以後也許還會繼續有用；但是沒有爐渣，火焰就不會貢獻出其神祕的方法，為服務人類而熔化凝固的金屬。

07

在那些黑暗的日子裡，有一個事實讓我幸運地領悟到了。在我最糟糕的時候，做事和不做事都是令自己討厭的，思想、情感和記憶都存在著某種狂躁的痛苦，哪怕是做出最小的決定也是一種折磨。我就像一個心不在焉，沿著滿是亂礁的海岸遊蕩的人，上面是懸崖絕壁，眼前是波濤洶湧的大海。我似乎在岩壁上找到了一個落腳處，可是從這裡無論是前行還是後退都是不可能的。頭頂上懸崖溼漉漉的黑色峭壁太陡了，不可能爬上去，我只能等候著腳下沉默的巨浪鋪天蓋地地向我沖過來。我感到無助和無望，感覺自己已陷入絕境。儘管如此，我不知為何沒有失去理智，即便知覺和思維的每一條通道似乎都受到了堵塞，做出反應和決斷的每一個神經元似乎也已經癱瘓，然而在我的內心城堡裡，我的生命和精神依然是自由的，未受到攻擊。是我生理運轉部分出現了失調情況，而不是最深處的生命之泉。以前我從沒有能力在軀體、頭腦和精神之間劃清界線。軀體、頭腦和精神快樂地一起跑著，一起悲傷，一起歌唱。但現在，我真的感覺得到，其中有些東西不僅不會因為這些災難而改變，實際上也是無法改變

的，所有因素的肆虐也許消耗的是其本身，哪怕是再怎麼大的程度也不會使人致殘、受傷或毀滅。歡樂、情感、活力和生命之泉就在那裡，就像神聖的、永不熄滅的火焰，也許可以被身體釋放出來，但是不會被毀壞或分解。儘管一方面我是漫不經心、自私自利、貪圖享樂，另一方面我是疲倦痛楚、身體不適、意志薄弱；但是本質上我仍然是純潔和生氣勃勃的，有膽量而強壯的。頭腦無法根據凡人的希望、活動或幸福來自行表達意見 —— 為此所付出的任何努力都會使病變的神經顫動和刺痛，陷入難以忍受的悲慘境地 —— 雖然如此，但它原始、古老的力量就在那裡。

我不能說這給了我任何力量或勇氣，這只是一種必然，一個我不能懷疑的事實，這是存在著的一個最基本的事實，對此我還無法進一步去探究，甚至死亡也不會使其沉默或終止。這裡面沒有是否努力或耐心的問題，就拿快樂與力量來說吧，我還無法觸摸或改變其重要本質。本質這種東西甚至比自身還要深奧，因為抽象的存在體沒有滿足不了的欲望，沒有實現不了的希望。它存在著，且眼觀六路，無所不曉。它不能將其祕密反射到倦怠的大腦，或恢復無力的肢體；但是它是那種持久不變的東西。它對爭鬥或衝突沒有感覺，它不關心責任或榮譽，羞恥或痛苦，

它只是存在。我曾說過，這個想法沒有為我帶來歡樂和幫助，甚至完全相反，因為我知道赦免是不可能的。在那段時間裡，我的痛苦就像禿鷹啄食著普羅米修斯的肝臟；我幾乎沒有哪一天不是在迎候著死亡，任何突然和迅捷的方式都行，只要能讓我不斷的疼痛靜止下來。但是我知道，這只能像是把某種野獸從洞穴裡驅趕出來，讓牠逃到絞刑架上。以前我曾輕鬆地相信不朽，模糊地把靈魂想像為空幻的人類形體的東西，其思想和日常活動我則無法想像。長期以來，我一直把天堂看作歌手們歡聚的廣場，他們在那裡不知疲倦地歌唱，上帝在一邊心滿意足地傾聽著，我的這個想法似乎是難以置信得幼稚。我還想過死後，天堂是靈魂生長、能量積聚、累積經驗的地方。但是我現在感覺不到這些，因為擺脫了物質和智性，核心原則似乎比我所設想的任何事物更古老、更賢明、更絕對。這不是說，靈魂可以向智性溝通，或對頭腦產生影響，智性和頭腦似乎仍然被迫處於猜測和困惑的狀態，只能實驗性地接近真理。但儘管靈魂還沒有清楚地向我顯示其奧祕，卻是在它們之上。

我要如何表達不可言傳的東西？沒有哪種比喻能解釋清楚這個問題。靈魂居住在我的體內，就像人住在房子裡那樣，儘管房子看上去似乎遭到破壞，搖搖欲墜，就要坍

塌了，並且在百葉窗的遮蔽下裡面是骯髒漆黑的，但裡面的住戶似乎一點也不驚慌失措或擔憂，而是準備在必要的時候離開這裡；與此同時，住戶繼續堅持自己的路，執行自己的計畫，不對自己的意志給出暗示。我對恢復健康不抱有希望，我只期待自己的大腦和身體以某種可怕的方式崩潰。在我自責自己漫不經心、庸庸碌碌地生活，愚蠢地錯過了許多機會，萎靡不振的狀態以及我的任性時，靈魂什麼也沒有說，沒有安慰，沒有責備。我沒有感覺到，靈魂對我進行過嚴厲審判，或者為我找藉口；靈魂似乎在忙別的事情，平靜地等候著，直到能夠從腦中未關閉的窗戶向外看去。它非常安詳，泰然自若。

　　既然我已經有了活動能力，冰凍已久的頭腦似乎開始融化，又有了思想、情感和興趣，我覺得靈魂仍然在那裡，沒有改變，安然無恙。它似乎在這段經歷當中既沒有什麼損失，也沒有什麼收穫；無論是身體還是頭腦都汲取了警醒而謹慎的教訓，沒有揮霍它們的力量，反而從容地應對不斷變化的各種壓力，擱槳停下休息一會兒。但是靈魂就像對待病患和絕望那樣，對所有這些關切一笑置之，繼續堅持沿自己的軌跡前行。就像林子裡的鳥被關在籠子裡，該吃就吃，該喝就喝，從一根棲木跳到另一個棲木，唱著自己的歌；但是牠滿足於等待，沒有悲傷，沒有苦

惱，沒有焦急地拍打著自己用不上的翅膀。

　　我已經盡可能簡單地講述了這一時期的所有經歷。也許並不是什麼不尋常的經歷；也許早就有人意識到了肉體的生命、智性的生命和靈魂的生命三者之間感覺上的差異。我只能說，這段經歷對我來說是新的，使我深感意外，無比震驚，讓我堅持下來，重新回到正常健康的狀態和活動當中。如果有人問，這段經歷為我帶來了什麼，我只能說我已經感覺到了永恆的真理。這段經歷並沒有帶給我新的行為動機、新的理想和新的願望，但我發覺自己比以前更渴望友誼和與他人的親密接觸，迫切地需要工作，更容易被美好的事物所感動，喜愛令人愉快的想法。大自然的景色和聲響依舊那麼可愛，柔和的陽光普照著果園，普照著遠處的樹林和山谷，還有那座老宅的小山牆和長滿地衣的瓷磚牆面 —— 這一切仍像以前那樣使我的感官得到滿足。傍晚天漸漸暗下來，黯淡的天空隱約露出了星星，松林那邊傳來風的嘆息，溪水歡快地流淌著 —— 我覺得一切都比以前可愛。我又重新有了生活的樂趣，對生活有了過去不知道的新鮮感和甜美感。疼痛和倦意都離我而去，我就像沐浴在清澈的泉水裡，頭腦一下子變得乾淨了，泉水洗去了我所有渾濁的悲哀。我以前缺乏什麼呢？那就是對永存的理解，對永恆的理解，對變化和死亡無動

於衷的感覺，這些感覺現在已經以最大程度地出現在我身上。我根本沒有領悟生命的奧祕，關於愛和美的祕密、痛苦和死亡的祕密，我並不比以往理解得更多；但是我知道我可以等待 —— 實際上不止如此，我知道現在的我，將來的我，都不會停止存在。與他人、時間、空間、物質的關係，關於這些的所有變化還和以前一樣隱祕；但是我知道，凡事不可操之過急或者縮短過程，該走的每一步都必須去走，而且是獨自行走。我還感覺到，除了進入黑暗，我沒有其他方式可以獲得這樣的體驗。在黑暗當中，生命和快樂的每一種機能，與世界的每一種連繫，各種能量和活動能力，不僅於我無益，還變成一團折磨我的亂麻，那裡沒有出口，也無法解除我的痛苦。我不但沒有極端厭惡地想到那些悲慘的日子，反而對每一次疼痛之感，每一個無法入眠的痛苦之夜，每一次自卑的、說不出口的憂慮，每一陣片刻的恐懼心存感激。因此，沒有什麼別的途徑能使我最終領悟這樣一個事實，即每一個個體生命當中或背後絕對存在著某種東西，任何磨難也不會使其受到傷害，任何衰變也不會使其感到疼痛。

08

　在我恢復健康的這些日子裡，我在同樣的事情上受到了另一個極大的懲罰，就像有一把槌子把釘子釘到頭上。有人要我去探望一位老朋友，因為他病得很重 —— 實際上他已經對自己的生命感到絕望。他努力讓自己稍微有些力氣，但是大家都清楚，他可能活不了多久。我懷著緊張不安和陰沉的心情去探望；儘管我知道這不是真實的，而且為自己故作莊重而覺得羞恥，可是，就這樣一個場合而言，我無法放棄本能的感覺。我對自己說，病人最看重的是有人非常自然、輕鬆地與他談論普通的事情和普通的興趣，不要提及使他感到困擾的病情。根據我的親身經驗，我很清楚地知道，如果陪伴的人忽略病人愁苦的狀態，好像一切都很好似的與病人交談，就會減輕病人的痛苦。然而，我們很多人都有的、很難丟棄的那種奇怪的本能，仍然會時不時地突然做出暗示，這是一個肅穆的場合，言辭需要妥當。

　那位老朋友躺在一樓的房間裡，窗外是一個小花園。當我看到他死人般的容貌時非常震驚，他的眼睛和眉毛留下了疼痛的皺紋，面頰向下垂著，兩手無力。當他向

我打招呼時，他的聲音似乎來自遙遠的某個地方，像是風的嘆息。我客套地寒暄了幾句，然後坐下。我們談了一兩分鐘，都是些無關緊要的事，就在這個時候我突然意識到，儘管這個可憐的軀體幾乎就要解體，可我的朋友還是躺在那裡，在那奇怪的面具之後，完全還是過去的樣子，精明、敏銳、幽默、心地善良。他幾乎沒有什麼改變，除了他所說的慢慢變老，不時地覺得呼吸費勁。於是我開始與他談起一些平常之事 —— 談到了一些書、一些事件、一些人。他躺在那裡，對我說的話始終是感興趣、愉快、頭腦清楚的。我們都知道他的日子屈指可數，所以，儘管有時我們偶爾相互揮揮手，微笑著，可是我們都明白，眼前不可阻擋的滅世洪水很快就會把我們完全分開，從此以後我們必須分別繼續自己的旅行。我努力睜大眼睛，望著遠處海岸上的身影越來越小，越來越模糊，最終他肯定會捨棄一切，向前走入寂靜聖地。因為經受過痛苦和沮喪，所以我變得有些明智，有些深情，我發現他的精神、他的思想和他的性格沒有改變，這些也是不可改變的，害怕或悲哀是軟弱和怯懦的表現。這件事充滿著驚奇、充滿著真理、甚至充滿著趣味，我們彼此的關係像以往那樣親密，我們的精神還是那麼堅強，那樣鮮明，那樣不屈不撓，更加適宜於我們彼此相互陪伴。正在發生的這一切預示著他

即將踏上自己的旅途，而他走的這條路終有一天我也要走，而且對他來說，這不過是開啟了一段新的體驗，探索一個新的充滿奇蹟的領域，正如生活曾是那麼熟悉，那麼美好，所以對他來說，新的生活同樣會是豐富和令人渴望的。他的新體驗會是什麼樣子呢？這個我猜測不到，但是我認為，與塵世生活相比，肯定不會缺乏令人愉快、積極、興奮的內容。當一個孩子出生在這個世界，你就觀察吧，最奇妙的就是孩子認為自己周圍的環境是理所當然的。孩子依偎在母親懷裡，對於自己是受歡迎的這件事深信不疑；接著，孩子開始感知發生的事，開始動腦子打量四周，他會笑，會懂得愛，會模仿大人說話，會堅持自己與家人相處的權利，他絲毫不會覺得自己是個陌生人或是被悲哀地流放在這裡的人，孩子把所看到的歸屬於自己。任何新生都是如此，對此我沒有疑問。我們將以相同的輕鬆感、安全感和滿足感進入看不見的世界。開始時，你在那裡什麼也用不著學，什麼也用不著詢問，什麼也用不著感到驚奇。我們只是毫不猶豫和沒有爭議地落入新的居住地，那裡將成為你熟悉的、可愛的地方，那是我們自己的地方、自己的圈子。小孩從來不會對你是誰、這是哪裡有什麼疑問，在萬物的規劃裡，我們微小的體驗空間會得到保證。

　　我並不是說，我們的分別沒有悲痛和憂傷的感覺，那是不可避免的；但是沒有讓我們留下恐懼的空間。沒有信念的人以為所有這一切都結束了，如果說強壯的、渴望的生命力和希望是我們的，在思想上沉溺於過去幸福安詳的日子，那就是軟弱、叛逆的，希望在等候我們，力量沒有衰減。

　　當我意識到我的朋友處在新的起跑點上，那真是一個偉大而又歡喜的時刻，就好像他微笑著從頹敗的房子窗戶朝外望去，有了力量和內心的寧靜，塵世的瑣事能有多大關係？暫時放一邊。但是我認為，塵世的事物是令人愉快的，其原因並不是因為行為和職責本身有什麼價值，只是因為運用力量和能量的精神是愜意的，就像小孩子擺弄積木和玩偶，這是孩子的樂趣，他的力量，他的想像，使得玩具有了意義。這是他正在建造的城堡、他正在照顧的孩子，積木、玩偶，不過是象徵著內心深處的某種思想，是某種令人愉快的計畫。

　　那天我們沒有提到分離、痛苦或者暫停的活動，我們只是像往常那樣交談著，計劃著下一次會面。離開時我有了這樣一種感覺，那就是外表的事物不重要，我和我朋友面前的時間有很多的體驗，有各種要享受的樂趣，有要企盼的希望，有要從事的活動。展現在我們面前的能量是那

麼廣闊，用之不竭，非常長久。不朽的觀念就像太陽的光照耀著我們，太陽的熱溫暖著我們，從這個意義上講，病患和死亡帶來的小小的干擾是沒有任何價值的，那只能像是飄過的雲在廣袤的生命平原留下的陰影，成群結隊的朝聖者走在這片大地上，一些人徘徊，一些人抓緊趕路，但是與各式各樣的朋友一起走向快樂的廣場，一路上你會非常強烈地感受到許多令人愉快的事情，可以分享許多樂趣。

09

　　如果說我的病向我揭示了靈魂的存在，一種抽象的實體，深奧、不滅、神聖、完全脫離物質生活、智性生活甚至道德生活，那麼我怎麼多說也不會過分。也許有人會說，在我成長的過程中，一直接受宗教信仰的薰陶，喜歡思索人類生存問題，對所有與內心生活有關的事情都感興趣，或者相信自己感興趣，我以前就該發現這一點。雖然如此，但我那時並沒有意識到靈魂的存在。我一直過著旁觀者的生活，大多數快樂來自於視覺印象，注重所見到物體的形狀和顏色，別致和浪漫的質地。此外，我過著知識分子的生活，喜歡讀書，尤其是人物傳記，喜歡研究思想觀念和人類性格；我還癡迷於所有與藝術有關的事物，例如藝術品、山水風景、建築，甚至搞藝術的人，因為他們讓我領略了藝術家特有的人格和獨特的魅力。但是在我深受病痛折磨的時候，這些所有的興趣都消失了。我發覺自己讀不了書，或不能清楚地思考問題。無論我看到什麼或聽到什麼，本該喚起我的興趣或情感，現在卻讓我感到心煩和痛苦。美麗的景色、古老的建築、令人愉快的人，這些只能使我的精神受到刺激，陷入淒涼的苦悶當中，因

為我想到了自己失去的所有歡樂和智慧。我常常問自己：「如何才能享受生活？」所有令人愉快的知覺在源頭受到毒害，這種感覺帶給我的恐懼是最深切的疼痛。美麗夏日的景色和聲音往往使我情緒低落，那種說不出口的憂鬱我很難描述。置身於美景中，陽光落在花草樹木上，落在老宅子的山牆上，那上面攀爬著藤本月季。看到眼前的景色漸漸消散在遠方，那樹林、坡地、蜿蜒的山路、土丘，都讓我產生了不可名狀的痛苦，置身於這一切的中心，我這個患病的、筋疲力盡的、畏縮的人，沒有喜悅，也沒有快樂的前途。生活的樂趣就像熾熱的、帶著火的箭落入我受折磨的、敏感的大腦，這種揮之不去的感覺正是我不幸的病根，真是難以置信。同樣還有無助的感覺，那就是我覺得無論怎麼做也不能彌補我已失去的東西，我必須時時受到折磨，如果能殷勤地、合乎禮儀地在生活當中演好自己的角色，儘量不讓身邊的人知道我的病情，我就謝天謝地了。

　　隨著天數變成周數，周數變成月數，我的悲慘狀況並沒有得到改善，我開始意識到，起初是模糊的，接著是堅定的確信，我還是我自己，過去的已經過去，我的不幸遭遇並沒有使我的身體受傷或受到損壞。我就像個失明的人，儘管視覺的大門被關上了，仍然憑感覺知道，自己接

收印象和解讀印象的能力還在。我意識到，身體出了毛病，思想器官神經衰弱，感受能力和理解能力受到阻礙；但是我始終認為，缺陷在我罹病的軀體，而且事物本身不僅與以往一樣真實、美麗和實在，而且我自己內心也是這樣想的；雖然我無力運用，我內心仍然保持著判斷能力、愛的能力和欣賞能力。

我不是說這有助於我恢復健康，因為似乎沒有什麼作用。我甚至更加清楚地意識到身體是如何無力，以致不能對任何概念、願望或抱負做出反應。但是我了解到，存在的自我、存在的同一性、存在的深層本質與以往一樣強壯，一樣清新，一樣充滿活力，一樣不朽。到了這一步，不像現在，我已經弄不清知覺、生命和意識，而是把這些與我的內心活動混淆起來。現在我終於領會到，任何力量也不能攻破靈魂的神祕堡壘。有一段時間，我就像是被關在黑暗陰冷的地牢裡，手指狀的光線穿過頭頂的透氣孔一天一天地照在溼漉漉、發霉的牆上；但是我知道，即使我更深地滑入悲慘的境地，即使我的理性準備放棄，即使死亡本身降臨在我身上，我仍然應當待在那裡——我常常就是這樣虔誠地渴望。

如果充分重視這件事的話，這一令人恐懼的經歷原本應該徹底地讓我不再追求物質享受，可是事實並非如此。

隨著健康的恢復，身體再次堅持維護自己的權利，要求享受陽光和空氣，美食和運動，視覺享受和聽覺享受，讓你瞬間就不會希望有別的什麼情況出現；但是這段經歷使我消除了以前身上格外明顯的一種性情，那就是我以擁有財產為樂趣的占有欲。我不是說，人們不需要渴望生活的各種便利條件；但是在過去，我有著很強的擁有感，覺得書籍、油畫和家具能以一種特殊的方式展示一個人的生活。就像希臘寓言裡，靈魂告訴自己擁有大量的物品，已經儲存了許多年。以前那種擁有的感覺現在已經拋棄了我。我是以一種奇怪的方式意識到這個事實的，我在沼澤地那邊有一處十分舒適的房子，離劍橋郡主教城不遠，在那裡我收藏了各式各樣的財物，老式家具、家庭紀念品、金銀餐具、各種方便用具，這些東西曾讓我感到賞心悅目。正是在那所房子裡，病魔開始慢慢向我逼近，使我一直處在病態當中，所以我變得古怪起來，有意迴避這所房子，不敢去那裡。為了過著自我封閉的幸福生活，我曾經精心規劃了那裡的一切，我忍受不了看到我的夢想破滅。在我的病快好時，我找了個機會原封不動地把這所房子租給一位朋友，在我病好後不久，我去那所房子住了一天，一開始我還沒有意識到自己發生了什麼改變，後來我發覺自己完全是帶著一種超脫感，甚至是好奇心看著那些珍藏的財物。

我以陌生人的目光打量著那些東西，沒有了擁有的感覺，也幾乎沒有了占有這些東西的欲望。等我的身體狀況更好一些的時候，我開始把錢花在各種不同的設計上。說來也奇怪，在我患病期間，我的錢快速地累積下來。

　　擁有私人財產的那種特殊感覺似乎已經離我而去，與此同時，謀取個人榮譽的欲望也消失了。我對此還是感到相當疑惑，因為我搞不懂，這麼做是不是害怕麻煩，害怕承擔乏味的社會義務，繳納各種苛捐雜稅和需償付的款項。有抱負的人畢竟要為社會做出貢獻。我由此得到了解脫，不再渴望或追求名聲；我願意對朋友進行評價，為的是讓他們覺得愉悅，並不是衝著他們的榮譽稱號；我選擇使我感興趣的生活，而不是讓我成為突出人物的生活。我的病使我卸下了所有的負擔，從世俗的觀點看，結果是某種失敗，說明我的名聲還不夠強大，抓不住機會，害怕承擔責任。但是感恩知足地從事簡單的工作，平靜地希望自己是個有用之人，追求更真實、更充滿活力的幸福，就能對此做出平衡。最後一點，就是與他人建立親密關係的深切渴望，給予和接受感情的需求，對愛的體驗的信賴，作為我們不惜任何代價都要做好的一件事情，因為我們注定要在自己的人類生活裡去培育愛，堅持愛。

10

　　我沿著石板鋪成的小路向果園走去，路邊有一些紅豆杉，形成了天然的樹籬。我的右側，日晷勉強從薰衣草叢中顯露出來，石板上長著青苔。她規劃並設計了這裡的一切，種下了芳香四溢的花草樹木，那時剛種下的灌木是那麼矮小！可是她已經不在了。正是在這個地方，越過果園的青草地，遠處可以看到一條路，彎彎曲曲沿著陡坡從樹林裡鑽了出來，當時還是夏天，她對我說，她喜歡看到那條路，因為會有人從那裡走過來。再往前走幾步，迷迭香花叢下有一塊牌子，標明這裡是一條老狗的墳墓。當這隻柯利牧羊犬意識到自己快不行了，果斷地掉頭跑回自己的狗窩裡等死。從高高的、刻有首字母大寫姓名和日期的山牆，到客廳的窗戶，這座老宅在講述著消失的生活。曾經有多少雙渴望的眼睛透過窗戶最後看一眼天空。假如我們曾生活在愛和歡樂當中，我們能有什麼樣的機會利用身邊變成廢墟的地方？在那裡，每一處房舍、每一片田野、每一座高山，都在追悼某個再也不能浮現的東西。假如我們真的設法生存下來，並跌蹬前行，為這樣的生活建立的希望是寄託在將不快慢慢視為愉快，將遮蔽陽光視為提升幸

福感悟的基礎上，那可是多麼可憐的一個解決方案。逃避悲傷之事的侵襲，總在設法獲得赦免，總是計算我們的收益，虛飾我們的記憶。將生活變成一種疲弱的藝術、一束愉悅我們感官的花，充滿著音調和色彩。即使我們能夠艱難地前行，那不也只是自欺欺人地以為人類思想與我們自身一樣是短命、逐漸消失的嗎？按照這些條件去生活不可能是嚴肅的事情或真實的事情，只能成為名為「舒適」的車子的引擎，帶著時時存在的恐懼穿過風雨，擔心自己隨時都有可能被叫下車，說再見。

但是當我們領悟到了我們對不朽的認知，所有這些平靜的沉思和斷斷續續的回音就變得不同了，我們就不會把太多的心思放在生命的裝飾物上，放棄財富幾乎變成了一件令人高興的事。就像一個戀人去旅行，要去見自己的愛人，一路上他並沒有忘記吃飯喝水，我們可以像他那樣淡然地運用生命。我們的思想不再集中於美妙的色彩和悅耳的聲音，因為頭腦知道自己正在超越這些東西，色彩和聲音不過是象徵著必定的充實和協調。那些我們愛著的人不再只是讓我們高興的人，我們從他們那裡獲得樂趣，他們是透過一條純潔的紐帶與我們永遠連接在一起的人，時光的流逝根本不會傷害或打破我們之間的親密關係。趕緊把我們生活當中所有病態的、不和諧的因素驅逐出去；如果

能和我們所愛的人在一起，那就和睦相處吧。

　　好花不常開，好景不常在，美好的事物必定會逐漸消失，這個想法不再是一種辛酸的情感，而是嶄新和自由的跡象。記憶不再是絕望的幻影，而是荒涼之地的石頭，徒步旅行者把這些石頭堆成自己的枕頭。東西是屬於我們的，永遠是我們的，我們並沒有失去這種感覺，只是不再把它們看作我們儲藏一陣子，然後不情願地或者傷感地放棄的東西。倒下的樹，凋謝的花，不過是象徵著從一個地方借來的生命在另一個地方重新復活，它們的生命和活力同樣能使我們不斷地感到欣喜若狂。當我們想抓住看上去結實的東西，可是在我們屏住呼吸要抓過來時，那東西卻像雪花似的逝去，昔日的善良和遺憾不再是感傷地回憶往事和忘記過去的時間，而是泥濘的路，引導我們走向迷宮，多麼盲目，多麼沉悶；不是把痛苦和死亡看作殘酷的衰退之梯，而是讓我們知道這些梯級是向上攀登的最後幾個臺階，從這裡觀察生命本身，其所有的廣闊平原、森林、家園和城鎮，就會突然出現在我們面前，讓我們興高采烈。這樣我們就能以不同的態度看待死亡和那些要死的人。我們多少有些羨慕他們，只是對他們短暫的痛苦、最後痛苦的發作所帶來的極度恐怖而嘆息幾聲，甚至想到他們本人悲傷地帶著自己的罪惡，跌跌撞撞地沿著堆滿石頭

的通道走進他們受難的場景，誠惶誠恐地表現出感動的樣子，好像某個偉大而又奇妙的形象展現在他們面前。

　　也許有人會說：「我們能抱持這樣的希望和期待活著嗎？」不，我們不能時時刻刻都這樣。在悲傷和痛苦的時候，我們能一次又一次恢復過來，沉思真理，飲下新鮮的泉水撫慰和治癒我們的心。我們必須確定的是，不要默默地接受捲入塵世俗事的存在，那些東西就像灌木叢裡的野草和荊棘，纏住我們向上攀登的雙腳。不要跟世間的俗事和物質上的東西講條件，不要固守這些東西，這是我們此時在這裡的責任。我們找到機會就接受下來，但是永遠不要忘了，這既不是結局也不是目標，馬上就有問題和解決問題的方法。我們可以心存感激地接受和運用所有明亮、晴朗、純潔、美麗、勇敢和平靜的事物，因為這些是生活的象徵，是我們的生活方向。而在另一方面，也不能忽視罪惡、愚蠢、痛苦和悲傷，因為這些給予我們一種平衡感，警告我們不要昏昏沉沉地消磨時光，就像漫不經心的朝聖者置身於路邊危險的涼棚。我們必須學會相信，除了生命和快樂，沒有什麼是永久的。我們還要了解到，止步不前的時候正是我們病態地徘徊在悲傷之中，或者天真地陷入滿足當中。

11

如果可以的話，我現在渴望走得更遠一些，跳到生活之外，或躲進生活背後；也許還可以再多一點，猶如你冒險穿過雲霧來到一座大山的峭壁上，你只能模糊地猜測角度和高度，山脊是如何斜靠在一起的，什麼地方有雪。

同樣，你如何能在這件事上完全保持坦率的態度？這不僅僅是你發覺自己不斷地與傳統、先入概念和其他精神的體驗發生衝突，而且你還有自己的教養、傳統和先入概念，你會因此而感到困惑，不知所措。對於有信仰的人和知道自己要信仰什麼的人，你認為能輕而易舉地將這些固有的東西處理好或拋棄嗎？這裡我不打算論述任何理性的宗教觀點，任何教義的主張，任何啟示或聖蹟的事實真相。在不得不穿越內心黑暗時，你必須把這些所有東西丟棄，向所有的社會機構、人類的條例法規告別。相對於活著的、健康的人，你不會懷疑自己的存在或自己的價值；但是在那個黑暗山谷，你完全身處塵世之外，你在黑夜裡獨處。獨自一人，還是與誰在一起？在那個地方究竟有沒有確定的東西？究竟有沒有生命在迷霧後面努力掙扎？究竟有沒有我們可以與之攜手的生物？

　　那裡必定有一種力量，對此我從不懷疑，人們能夠意識到自己不是自我造就的。某種東西，無論人們用什麼樣的名字稱呼，這種東西賦予人類生命和意識，讓人類從虛無當中演變出來。人們不太在意其過程或方法，但是人們悲慘、困惑地站在那裡，知道自己是悲慘和困惑的，卻構想著自己是愉快和平靜的。一想到自己擁有的這些品性和觀念，我就覺得不可思議，除非有一個同樣擁有這些品性和觀念的人把這些賞賜給我。這個力量存在於自身之外，比自身更強大，人類不過是在以某種方式表現這種力量。判斷力和直覺力同樣缺少不了這樣的力量，但是當身體、頭腦和靈魂相互發生衝突，什麼樣的力量是終極力量就是個問題。例如，古希臘人把命運設想為隱藏在眾神身後，眾神也要服從的一種力量。因此，力量的分級無關緊要，因為我尋找的是終極力量，由於這種力量，我原來的一切已經逐漸擴散。我似乎看見了遙遠的上帝，而且知道我的存在起源於祂。回顧世界緩慢而又模糊的歷史，我似乎看出事情不僅如此，看得見目標，看得見盡頭，正義、真理和愛穩穩地朝著幸福的方向發展。我越來越多地看出，假如人們只是保衛自己的安全和快樂，他們生活得並不安心。如果他們看著別人辛苦地工作，忍受磨難，生活中缺少陽光，他們的滿足感就會逐漸被陰影籠罩，所以，人類

似乎漸漸地想要在有光和熱的圈子裡騰出位置，讓所有的人都能分享光和溫暖。在我的頭腦裡，我毫無疑問的體會到，一個人一旦想到他人的憂愁和痛苦就感覺到不自在，他就會變得更優秀、更善良、更高尚。不過，他不能總是讓其他人都來接受這一信仰。有這樣一些人，他們的想法是把別人排除在外，從而使自己的安逸生活更加饒有趣味，他們覺得自家的爐邊更加溫暖，更加舒適，是因為還有很多人在寒風裡顫抖。他們當中也許有高貴的人能夠放棄自己的安逸，不是理性的，而是衝動的，那只是因為他們無法忍受，也無法與他人分享這樣的安逸。

這個時候我遇上了一個人，無意當中他向我說起了偉大的光。這個人可不一般，有著崇高的思想，對人類持有最客觀的看法，他的見解我還是頭一回聽到。他認為，人死如燈滅，個體完全不復存在；但是他又堅持認為，如果你能夠想到地球還在轉，世上的事還在繼續，生活的重大問題正在自行解決，人類在勇氣、公正無私和善良方面不斷發展，社會在按照更高標準塑造本身，你就可以由此感到欣喜。我無法認同這一觀點。

我與他一致的是，只要你是這個世界不可分割的一部分，你就不可能不對世界進步產生強烈興趣，但是如果某個東西最終與我完全分離，我可不會真的覺得有興趣，我

最多可以對正在運轉的東西感興趣，比如說火星。當然，我的興趣也許源自推測和想像。如果我的思想和行動絲毫發揮不了作用，我就不會感覺到這個東西是值得我關注的。「但是，」他對我說：「你現在做的每一件事，說的每一句話，都在影響這個問題。無論你做過什麼事情，你在這個世界上留下的痕跡是擦不掉的。」「確實如此，」我說道：「但是我必須永久地關心，這樣的事物絕對不是那種謹慎對待、富於想像的興趣。假如那不過是我讀過的一本書，無論我做什麼也影響不了書中所描寫人物的命運和前途，那對我來說毫無意義，只能是心血來潮，或消逝的幻想。」

在這裡我說過的另一個堅定信念幫助了我，我確信自己的靈魂常在，儘管我設想不出來自己會在什麼條件下走進來世，當我經過死亡之門，進入人類的共同生活，我覺得自己不應當，也不能喪失那種特權 —— 個體所有權。

於是，我真的預見了一種無限的希望。這個世界，人類莊嚴而又神祕的生命，一定會永遠存在，培養自己新的智慧、新的力量、新的美麗，而我也自信地承擔自己的一部分。鮮花仍然會重新綻放；樹木突然冒出葉子；鳥兒在樹上歡唱；男人和女人會以同樣的驚喜漫步在這裡，繼續追求同樣美好的希望和願景 —— 然而也不相同，因為年復一年地，他們受到恐懼和罪惡所帶來的損害會越來

少，恐懼和罪惡曾在過去的歲月裡損毀了我們自身的平靜和快樂。我不需要任何明確的再生理論和新生理論使自己煩惱，但是我知道我的生命是不可毀滅的，必定會在生命意識到自身時再次浮現。我可以設想到沒有冷漠的靈魂聚集或積聚，被吩咐去在雲彩的旋律和光中安息。我必須繼續，必須忍受痛苦，必須艱難地前行，必須愛，一次又一次地，直到生命本身得到淨化，完全得到補償。

那麼我看到，事物的內在意義在這裡是如此笨拙、沉悶地分成幾等分 —— 信仰、美麗、聖禮的渴望、祈禱、自我犧牲、崇拜等等。這些象徵性地用言語和色彩、儀式和聲響表達出來，都是對一種巨大能量的意識，這樣的能量可以使每一個同類的靈魂越來越與這種能量本身達成和諧一致。

這就是他們說的上帝，一個了不起的說法，其驚人程度只是源自其簡單愚蠢，這個思想一直就在我眼前，而我以前也從未懷疑過。我曾試著走過一條又一條路，然後依次放棄，因為這些路似乎都不能把我引向遠方山峰上的天國，看不到那裡紫水晶鑄就的城基和珍珠之門。我一直在城裡，我知道這不是天國，這個地方根本沒有旋律優美的安逸和有序的儀式。這裡的喇叭吹奏的是勞動之音，這裡的微笑表現的是愛的快樂，這裡焚香的煙雲是向上祈禱的

激動。如果他們能聽到下面世界的痛苦呻吟，看到落下的悲傷淚水，被宣告永遠不能使用他們纖細的雙手或弄髒他們考究的長袍，人類什麼時候相信過，完美聖徒的天堂絕對不會是人類的地獄？這樣的天堂只能是文雅和自私的好色之徒的樂園。真正的聖徒仍然毫不懷疑地侍奉上帝，英雄們仍然豪爽地承擔自己的職責，戀人們仍然因結合的希望而感到興奮。在那個王國裡，沒有什麼可以撤銷，沒有什麼可以排除在外。

這裡的罪與惡、任性與墮落、可恥的耽擱與拖延、醜陋的聚藏錢財、無情的冷漠，又會怎麼樣呢？這些惡習曾讓我的日子昏暗，還會在我所有的想像當中繼續使我的生活蒙上陰影嗎？這些惡習確實存在著，這是一個可怕的現實，即使是上帝威嚴的旨意也不能使這些惡習消除。假如上帝許可，我也不能允許；假如上帝給了欲望，讓我終止這些行為，我不是更應該如此嗎？假如上帝沒有終止這些行為，這些行為就肯定會以我怎麼也猜不透的方式，實現著它的真實價值？莫名其妙的是，征服這些惡習的價值難道還不如冷淡、怠惰的善行？難道這樣的行為，或者說大多數這樣的行為僅僅是某種幻覺，渴望抓住不該擁有的或者容易被誤解的歡樂？我自己的生活裡也有罪惡，那就是我一直渴望過著安逸舒適的生活，索取比自己應得份額更

多的財富，對他人的福利持冷漠的態度。將自己的利益與他人分享不是世界的再生精神嗎？傲慢、權勢、強烈的欲望、怨恨、殘酷等行為，索取的都是個人舒適；而世界上最近蓬勃發展的新精神，其中明智的就是參與和分享的精神。

靈魂和上帝，這些事情，無論多麼模糊，正是我的悲傷促使我去了解。但是新的知識，雖然帶來了新的處罰，也帶來了新的禁例。我必須怎麼做才能與我過去曾做的有所不同？首先我要迎接和承認神聖力量的任何跡象，無論是以什麼形式表達出來的，也許是令人不愉快的儀式或教義，只要能明確地維護人類正義和仁慈就行。假如這些儀式或教義教導正義、節欲和感情，這就足夠了。只要追求的是靈魂清楚的願景，而不是物質方面混亂的思想，我並不關心其象徵意義或者知識公式。無論我發現自己處在什麼位置，就我的情況而言，我必須努力說服他人盡可能清楚地、公正地看待生活問題，放棄個人偏好，堅定地和雅正地見證生命。我的工作似乎就是教書和寫作，我永遠也不能慫恿偏見和讓自己成為意志薄弱的人，我絕不會為自己找藉口，也不會沉溺於爭論和論證，如果需要的話，我會去說服，而不是強制。我的目標絕對不是有影響力的地位，而是杜絕好為人師的習慣，不要利用各種機會指

導他人生活的願望，只是注意平靜、勤勞地去生活。我無法使自己與世界隔離，而是承擔起世界賦予我的職責。我必須做到真誠坦率，而不是好鬥。我必須什麼也不要急於得到，也不做什麼計畫。我非常清楚地察覺到了所有這一切，但我不是說自己完全能夠篤志力行，不過我的失敗肯定不會使我氣餒。我必須滿足於接受友誼和感情的每一個暗示和提供，這樣我也許會變得習慣於更廣泛的愛；我能找到可以愛的靈魂越多，我就越會懂得哪裡有許多事物可以去愛。我將崇敬人類希望的力量，而不是人類的弱點。

　　我不允許世界上任何事物夾在我的靈魂和上帝之間，不管是法律、傳統、儀式、習俗，還是教義。無論什麼，只要限制、玷汙和扭曲靈魂，我都會徹底放棄。對我來說，這裡似乎存在著基督教導的祕密，不是毀滅的法則，而是圓滿的法則。曾經有過的所有宗教都在試圖將靈魂和上帝結合在一起。習俗和偏見、個人利益和物質占有所形成的障礙悄悄潛入每一種宗教，而這些宗教都堅持對教義的忠誠。我希望自己已經處理好所有這樣的事情。我並不期待逃脫疼痛和悲傷，因為前方的路上有地方可以得到庇護。我不能刺破黑暗，但是在我的頭上，我的身後，我的前方有光。我可以對福音書作者說：「我知道凡事都有終結，但是你的戒律過於寬泛。」

12

　這就像是生命的一個新的開端，我頭一次知道「再生」這個生硬的老詞意味著什麼。生命似乎悄悄地得到了簡化、清理和更新，現在還給了我。賜予生命的主似乎暫時收回了祂的禮物，重新鑄造，重新改造，使其恢復生氣，然後交還給我，好像微笑著說道：「你沒有充分理解生命這個偉大的禮物，你濫用了生命，你讓生命過於緊張，出現紊亂，幾乎破碎；在那些黑暗的日子裡，你的生命得到了修正；今後你須努力運用好你的生命！」得到新禮物的喜悅之情流入我的心田和靈魂的每一個角落，新的生命在寶座四周彩虹之光的映照下變得光輝燦爛；新的生命重新具備清爽、神聖的品性。

　那道光明淨地照耀在奇怪的複合體上 —— 我曾稱之為我的宗教信仰 —— 傳統、知識、觀點、習俗、儀式、禮節、藝術情感等組合在一起的一個奇怪的混合物。如果可以的話，所有這些有待於重新考慮和簡化。

　我重新閱讀福音書，幾乎像是讀一本新書，迷霧似乎在我眼前消失。書裡有很多內容是晦澀的，很多記敘不是那麼難以置信的，需要證據和確認，而福音書的作者不可

能獲得這樣的證據。但是我發現人們犯下了一個錯誤，考慮到福音書確實是一些非常樸實和無知的人們所做出的模糊紀錄，他們寧可把此書看作救世主的傳記。他們所處時代的偏見、傳說、信仰和觀點粉飾他們的頭腦，使他們曲解許多東西。他們在救世主的生平裡所看到的正是他們期待並渴望見到的事情。現在我突然能夠透過閱讀福音書認識基督，而不是依據書中的內容。在福音書的後面有著神聖、純潔、高尚的形象，而不是被誤解、被曲解、設想錯誤的形象。這個形象突然像雪峰越過斷脊赫然聳現。粗糙的紀錄，模糊不清的信仰實質，致使全書更加宏偉，更加美麗；雖然教會政策和科學定義整個龐大的構造被建立起來，但圍繞著空洞的小的中心神殿，一個宮廷接著一個宮廷，一道牆接著一道牆，這裡修一座塔，那裡蓋一個禮堂，在我的注視下似乎就要塌陷。

　　基督的祕密 —— 這不是一個能從歷史方面、教義方面或權威方面去理解的事情，似乎是一個宏偉的宮殿，人們常常敬畏和困惑地前往，而那裡擠滿了忙碌、高貴、嚴厲、全神貫注的人，這個地方的主突然出現，裝束簡樸，面帶微笑，伸出手來。無論人類已經從上帝那裡了解到什麼，他們是如何利用上帝的名義服務於自己的目的，那都沒有什麼關係，在信仰昏暗的那些日子裡，精神一直是最

強而有力的，悄悄地、心與心相連地傳播開來。但是我突然看到，祂一直就在那裡，曾活過，也曾死過，被人們提到過和思索過。有著絕對真實的人性，像一位真實存在的兄弟，具有無比的洞察力，完美的智慧，無限的深情，無盡的同情，所有這一切都在我眼前一閃而過。

上帝要讓我們過的是什麼樣的生活？我們應當在心裡培育什麼樣的精神？無條件的愛，無窮盡的仁慈，對聖父純真的信任，以及他對人類崇高而又快樂的關注，這些是首要的。隨之要做的就是立即清除所有的野心、欲望、要求。我們應無所策劃，沒有什麼可以說成是我們自己的，我們應無償和慷慨地捐贈，原諒一切，對任何人都不要失望，簡單而又快樂地生活在上帝為我們安排的地方，不為過去而後悔，不為未來而謀劃。我們應漠視物質的東西，從而征服在物質方面的欲望，不要去關注世界的目標和政策，不要任性地放縱、發怒或怨恨，認為人類的善良和友愛是理所當然的。這並不是說人類將要去抗爭、去吶喊、去證明，沉湎於獨特的自我克制和明顯的苦行生活。這是一種性情、一種態度、一種值得的思考方式 —— 是一個人也許在法庭、商行、事務所、工廠，作為職員、勞工、工匠所該有的心境。這並不意味著打破關係，犧牲人類約定的事情，響亮地宣告所堅持的責任。人們應該抽出

時間喜愛純潔美麗的東西，與人為善，多做好事，耐心而平靜地生活。這是一種內心的幸福感，將會流向一個人生活圈的各個方面。讓人憂慮和恐懼的是粗陋的、苛刻的、冷酷的聲響和體面。生活就應當是微笑、快樂、悠哉、親切的，而不是陰沉、心事重重或悲傷的。憂愁、痛苦、損失、失望、焦慮同樣會在未被擾亂的精神裡相遇，就像那些總會有終結的事物，然而每一種事物卻都有禮物要送。天賦的精神氣息將是一種平靜和活生生的快樂，滿足所有相同的熱切興趣和同情，並不期待所有的一切都是完美的，而且對一些事物的不完美之處是愉快地加以接受、而不是煩惱地去接受。

失敗之人的錯誤在於養成了不好的習慣、心存偏見和歧視，凡事愛用挑剔的目光去看待，甚至形成陋習，這些東西限制了靈魂。即使是罪惡，你也會把它看作一個跡象，即罪人沒有察覺到幸福在哪裡，只是極度興奮、貪婪、不滿足地想抓住什麼東西，必須透過拖延一段時間，感到身心疲憊時才能知道事實的真相。

但是啟示的力量和美存在於這裡，這不需要長期的學習，不需要複雜的啟蒙。你一旦感覺到了，就會去實踐，而且每一次微小的體驗都能顯示隨後出現的和平。這全部存在於鮮活、渴望、不受限制的生活當中，如此簡單，又

如此確定，你只要勇於犧牲物質欲望或自私的欲望就能獲得這一發現。放棄欲望和野心非但不是一種痛苦，反而能為你帶來一種自由感和輕鬆感，讓心靈有更多的時間滿足其自身平靜的快樂。折磨人的道德規範，有顧慮的痛苦掙扎，醜陋的恐懼和悲慘的境遇，都是因為缺乏這種甜美、簡單的快樂啟示與和平啟示所造成的。這是宗教史最悲哀的部分，人們不是去感知信仰的實質，而是試圖憑藉自己複雜、粗糙、懷有敵意、好事的性情對信仰肆意歪曲。信仰的美妙、信仰的溫和、純真的快樂讓他們感到困惑，所以他們不信任甚至曲解信仰，害怕承擔哪怕是很輕的負擔，因為他們不敢相信聖父對他們做出了那麼好的安排。當他們打算把信仰丟在一邊時，他們就有了成倍的恐懼、限制、責任和焦慮來取悅上帝。

我很清楚地知道，有可能從福音本身拔出一把燃燒著的箭來駁斥這一觀點。但是我是那麼有把握地感覺到基督祕密的無所不在及其寓意何謂。基督沒有把生活說成是一個令人焦慮恐懼、沉悶乏味並且讓人做苦力的地方，而是一個充滿希望、充滿歡樂、內容豐富多彩的地方。所以，去認知這一點並不是馬上就可以付諸實踐。

坦白地講，我自己的生活在許多方面與我的信仰相矛盾。如果你沉浸於習慣、錯誤、恐懼和欲望當中，你就不

能升入完美的快樂天堂。但是我毫不懷疑真理，無論什麼真理；如果你渴望與眾不同，你就會變得與眾不同。無論多麼柔弱，自從我看到了光，我就以一種不一樣的心情生活著；我努力讓自己是平和、安靜、寬容的；我努力把自己見到的所有男人和女人都視為上帝大家庭裡真正的兄弟和姐妹；我努力讓自己多一些付出，而不是積聚錢財；我努力去宣揚和平，並去實踐。我毫不懷疑聖父對我這個脆弱而又任性的孩子愛的意圖。罪惡、疑慮和恐懼經常把我壓倒，如何才能被人承認是基督徒，我所知道的、能給出的理由微乎其微，但是我確實認為基督是我主我師，如果可以的話，我將保持祂的意志。儘管我像一個迷途的羔羊，我知道我的牧羊人就在我身後追尋我，我察覺得到祂在走向黎明，祂的手指引著我，在我無法穿行的路上為我披荊斬棘，引導我遠離安逸水域。我勇於在祂的注視下顯現自己的快樂。我不知道結局將會是什麼，也不知道黑暗之河那邊會有多麼銳利的生命能量；但是我得到了救贖和餵養，也許將來某一天我會感到滿意。

13

　無論我們能夠多麼清楚地辨明美麗人生的定律，我們也不能忽略美麗人生背後的黑暗，更不能被其純淨的、水晶般的光芒所迷惑。

　真正不能克服的困難是我們每一個人都是在非常個人化的模具裡鑄造出來的，可是接下來的安排卻與個人無關。苦難和疾病就像蒼蠅似的在無助的人群裡飛來飛去，偶然擊倒某個人，彷彿是巨大而又醜陋的炸彈就要引爆，非常可怕地漠視那些受害者的性格和能力。除非我們真的能固執地閉上眼睛不去面對事實，否則，無論多麼努力地去想像，我們也無法相信，災難就像是天上的神射手射出的箭，微妙、適時地射向我們。一些強壯、野蠻而又自私的人在生活當中用手肘擠來擠去為自己開道，在行進的過程中讓那些抵抗他的人蒙受苦難，而對那些比他更有勢力的人卑躬屈膝，沒有一點良心的責備損傷他的寧靜；或者某種複雜的悲慘事件落在一些人身上，他們是脆弱、無辜、善良的，唯一的缺點就是天真無邪。也許苦難在需要發生的時候並沒有降臨，也許是事先得到警告或解救，但是在很久之後，遇到壓倒性的暴力時，卻不可能得到修

復。而且，強烈的正義感和負面情感也植入我們的心裡，這樣的概念似乎是按照某種自然的模式形成的，嚴酷而又專橫的命運阻礙、掩飾、否定這一觀念。

一個人，如果他能發自內心地說道：「偉大是你的慈悲，耶和華啊，正義是你的判斷！」你就會感到愉快。我們內心還有著同樣強烈的感覺，那就是我們如何對待性格，淨化性格，賦予性格力量。想一想慈愛的父親是如何急切地關懷著自己的兒子，想一想他是如何把自己的兒子培養成純粹、勇敢的男子漢。他是如何為兒子們謀劃，既不多也不少地提醒，讓孩子對自己有信心，鼓勵孩子相信自己，在健康、美好和男子氣概等方面影響孩子。但是接下來，他也許會痛苦地看到自己的關愛受到粗俗的誘惑、淡漠的關係、偶然的聯想的阻礙。關愛和感化一般來說能產生很好的預期效果，正是在這裡，無限的恩惠和無限的愛不應該破裂，如果它是全能的，涉及各方面，那就不該陷入荒地和泥潭。一個常為自己設置框架的人也許就是因其局限性而失敗，因無法完美地實現自己的計畫而感到悲痛。而上蒼的無窮之力有時也會顯得那樣無助、那樣乏力。力量似乎不總是站在快樂的一邊對抗悲傷。生活中許多最糟糕的事往往在我們高興的時候發生，而一些最好的事情卻來自於我們的痛苦；同樣，有些快樂能使人高貴，

有些傷心的事能使人氣餒。

　　福音書中的啟示告訴我們，悲傷的人和乞丐是被祝福的，並講到天神會準備好馬上迎接悔改的罪人，並讓他得到修復。當我們喜悅和熱心地相信這一點，經驗會拍拍我們的肩膀，告訴我們事情不是這樣的，上帝似乎偏愛的人是能自我控制、精明、堅強、謹慎的人，他不會因情感而受到傷害，因為他的心是冷的；或者說他不會由於希望而受到傷害，因為他沒有什麼希望；又，或者說他不會由於願望而受到傷害，因為願望對他來說如同安慰劑。這樣的人，他的生活是簡單和快樂的，常常果敢、充滿勇氣地面對死亡；熱情、敏感、容易激動的人，他們渴望所有美麗、光輝燦爛、芳香、悅耳的東西，卻往往因過多的失望、願望破滅和悔恨而遭受折磨 —— 即使上帝施愛於他們，施快樂於他們。

　　情況最糟糕的是那些溫順、愚蠢、軟弱、精神錯亂、遲鈍和無趣的人，對上帝創造出的這些脆弱的生物，上帝或人類都沒有任何憐憫，他們是自我軟弱的犧牲者，沒有人同情他們。人們在死的時候是寬慰和冷淡的，他們被迫離開生活的盛宴，他們被安排去服役和做苦工，他們被苦難和沉寂所消耗。可是，無論在哪裡，無論在什麼等級和階層，無論在什麼行業，你很少能看到完全美好、

簡樸的靈魂，他們從來不為自己著想，沒有個人欲望，可以極為真誠、極度滿意地一天天過日子，流露出深切的愛和寧靜，非常平和、真實，不與邪惡爭鬥，沒有挫敗的障礙，沒有野心和不滿，不要求得到回報，只是渴望為他人服務。沒有人希望自己與這樣的人相似，他們的祕密是不能傳達的，他們根本意識不到衝突或壓力。這樣的人為什麼少，看起來似乎沒有什麼理由，然而就是人數不多。最奇怪的是那些最高尚的靈魂，是那些因每一個美的暗示而激動的靈魂，他們在生命的開始階段充滿著各種內在的快樂，急於得到教誨，渴望完美，然而非常奇怪的是，他們那麼盲目，不能從深層搞清楚真正美的東西，偏離了魅力和吸引力。像這樣一些人，如果讓他們承擔崇高和偉大的任務，容忍某種自我犧牲，做出卑微的服務，他們只能看到任務枯燥乏味的一面，充滿了無法忍受的厭煩和令人厭惡的單調。直到機會失去了，他們本可以修復的破碎的心靈痛苦地死去了，他們本可以愉快度過的日子成了疲倦的生活，他們才會明白，他們所承擔的本應該是一項偉大而又崇高的任務；這樣一來，他們虛度一生，沒有能力領悟所見事物的內在美，當美好的事物從他們身邊掠過，他們只能徒勞地發出悔恨的哀嘆。

處在這種思想混亂、情緒和心性衝動的狀態中，如果

可以的話，我們就應當找到上帝、正義和美；經歷過邪惡的錯誤和讓人心碎的過失和低下的誘惑後，我們開始懷疑牧羊人是否真的關心自己迷失的羊，牧羊人是否只關心那些溫順和聽話的羊，他們喜愛牧場、糧草和羊欄的安全。

　　假如我們能夠堅定而又明確地希望生命和氣質是不朽的，相信在某個更加自由的精神世界裡，所有這些可以得到補償和安慰，那麼我們的傷口會得到包紮，我們失去的力量會得到恢復，所有這一切都可以得到修正；但是我們完全不知道這一點，即使我們能證明，我們也無法把這樣的證據傳達給其他人。有時候我們會想起一些人，他們要麼在戰場上打過敗仗，要麼遭受過恥辱，做過丟臉的事，或者遇到過災難，要麼陶醉於邪惡的歡樂或深陷於不幸的痛苦，當我們埋葬他們沉默的遺體，當我們覺得這是否就是人生的全部，是一個可怕、殘酷的事情，我們也許會怨恨微笑的太陽、飄舞的樹葉、墓地灌木叢裡鳥的鳴唱，因為所有這一切似乎是一種無情的嘲弄。假如某種神祕的聲音能夠不容置疑地、沉著地告訴我們，所有這些生靈將有待於適當的分配，我們就會覺得我們可以忍受任何事情，永遠等下去；但是我們將處在自己的盲目狀態中，我們的雙手向外伸出，略帶甜意的風吹在我們臉上，希望我們能夠像陽光下的卵石那樣沉睡，像溫暖的光線那樣缺乏熱

情，如同平靜的湖水那樣無憂無慮。

在內心的最深處，在所有失敗所造成的苦難、極度的悔恨背後，如同大海那樣深不可測，如同隱祕的星星那樣遙不可及；確實存在著這樣的信念，即上帝讓我們來到這個世界是為了過著和諧、平靜和快樂的生活，而這樣的生活我們必須透過無語的耐心和痛苦的磨難，透過令人厭惡的不信任和沉悶的孤獨才能贏得。就在那裡有著最後的幸福希望，正因為那是最後、最深切的思想，在我們清空所有的欲望、悔恨、愛、悲痛、驕傲、絕望，這個想法最終必定會獲勝。對此我們無法提前使用，我們無法拖延使用。生活的每一條大道，災難的每一條冷酷、迷宮似的通道，都是通向天國的路。因為靈魂能夠按照其自然遺傳恢復愛心和平靜，最終在生命之樹上收攏起翅膀，落入隱祕的花園樹叢裡。

因此我相信，並號召大家都要相信，每一個事件或經歷，無論多麼微小或偉大，也不管是否天真和勇敢，是否悲傷或沉悶，是否罪惡或羞恥，最終交織在一起，都歸結到天國的和諧。而且有一種快樂在等著我們，在這種快樂中，最可憐的失敗，最醜陋的犯罪，也將擔當自己的部分，實際上，沒有這些快樂不可能是完美的。我們接近自己渴望的目標不是靠我們的自滿、滿足、成功、自豪顯示

出來，而是靠我們出差錯時產生的羞愧和悔恨、我們的謙卑、我們的懷疑、我們的自覺軟弱。在這種生活裡，我們也許要再經過一個階段，接受訓練，進入歸順狀態，尋找一種明智的寧靜；但是我們必定像生命之主，早晚會降落到陰間。走上坡路不能從半路開始，必須從山底開始。準備開始攀爬前，我們必須有一段時間陷入絕望狀態，做出徹底的放棄，而這個時候神河之水的波流越過我們，我們似乎沒有什麼可以稱之為己身的東西，只剩下羞怯、赤裸、卑微、無助的靈魂。對一些人來說，這個過程來的足夠迅速；對另外一些人而言，他們驕傲的心和智性非常強壯，得經過長時間的掙扎和可恥的失敗之後才肯就範，因為其實質是恥辱和醜行。只要一個人能夠說服自己相信，在這個過程裡沒有任何浪漫的故事，只是一種別具一格的毀滅形式。只要頭腦僅僅是絕望地舉起盾牌抵禦真相，一旦放低盾牌，一旦赤裸裸的恐懼感得到坦白，一旦徹底的失敗得到充分的認知，如果你能讓自己謙遜而耐心地踏上狹窄而又曲折的路，走出自己的災難，那就有可能取得進展。不可分割和不可躲避的事情就是事情本身，我們無法從中逃脫出來，這是我們不可轉讓的所屬物，我們不可能與此分開。假如現實是這種自我製造了所有的災難，顫抖著坐在廢墟上，那麼，只有穿過同一個自我你才能逃脫，

13

這同樣是真實的。自我必須得到重鑄、改造和更新。若詢問為什麼被認為如此違背常情，如此無效，那是沒有用的，是在浪費時間。沒有失敗就不會有成功。

14

　　如果我們相信聖父和他有助於我們的善良意圖，我們需要得到痛苦和磨難，我們有權要求的就是，透過痛苦和磨難可以感覺到他在幫助我們，在淨化我們。上帝賦予我們正義的自然意識，並把這種意識深深地植入我們的心田，正是透過這種正義感，人類才順利地贏得了所有的勝利。逐漸地承認別人與我們一樣擁有權力，他們的權利絕對不能因為我們更有力量，就要為我們的便利和快樂做出犧牲，這樣的認知過程確實發展得緩慢。如果這種正義在我們心裡高於一切，可以最大程度地將我們與野獸區分開來 —— 對此不容我們懷疑 —— 如果正義受到侵犯，我們就有權大膽地抗議。當然，我們必須相當清楚，我們為自己索取的是公正，我們的正義感並不僅僅要求我們應當恰好擁有自己喜歡的東西，或者說，假如我們冒犯別人，我們也應得到原諒。我們必須做到完全開誠布公，假如我們執迷不悟，沉溺於一些不端行為，例如耽於聲色、或愛發脾氣、或固執任性、或舉止輕浮，知道這是毛病，卻茫然地相信慈善的上帝不會嚴厲對待我們，那麼我們就會受到懲罰；至於將受到什麼樣的懲罰，那可不是由我們來決定的。

　　有一天，我與朋友談論一位牧師的生活。這位牧師很有學問，也非常忠誠，可是不得不長期忍受病痛的折磨，致使他的內心完全處在黑暗當中，無奈暫時中斷自己的工作。我對朋友說：「你告訴我，他是否從自己所遭受的磨難裡得到了任何好處，他是否感覺到這種苦難已經影響了他的精神。」「不，」我的朋友非常嚴肅地說：「他沒有，他不關心那個，他認為這是對自己罪惡的懲罰。」

　　有些人對我們所說的這個牧師非常了解，就他們的想法而言，牧師的本性似乎根本沒有什麼明顯的罪惡，他所忍受的病痛不過是因為他的責任感太強，過於渴望幫助那些遇上麻煩的人，是身心疲憊所造成的結果。但是，假如就像我認為的那樣，這意味著痛苦的牧師沒有反抗，完全按照自己的意願默許所忍受的磨難，這是一個很不錯的答案。

　　天父的心裡不會堅持說，我們應該被我們自己的懲罰所粉碎和壓制，就像一隻小鳥被大鷹撕扯那般不敢出聲，只不過是因為沒有別的出路；祂不會堅持說我們應該服從。假如我們這樣服從，那就毫無價值，只能使我們的精神陷入更深的黑暗當中。假如我這樣想像萬眾之父，認為祂是個暴君，只是因為憤怒或殘忍就打擊身邊的任何生物，愉快地看著他們扭動，遭受痛苦，那麼我真的絕望

了，我的生活就會整天處在怯懦的恐懼當中。如果能夠的話，只是希望不要冒犯，也許還會躲避事情發生之前的徵兆。但是我不相信這個，我認為，假如我不躲避凶兆，苦難的境遇也許符合我的情況，在未來的日子裡能為我帶來快樂。

當然，我們絕不能匆忙判定懲罰是公正的還是不公正的。假如我們的計畫遭受挫折，假如我們因身體病痛或精神痛苦而躺下，假如我們看到親近的人處在悲痛和苦惱當中卻無力幫助，我們不要馬上大聲抱怨，認為這完全是不公正和殘酷的。我們的生活有空間和時間，在收穫之前必須播種和成長。但是當苦難結束時，回頭我們看到，苦難確實有助於我們積聚力量、獲得希望和保持純潔，那麼我們可能感覺到，也許不是喜悅的，甚至不是感激的，只是仍然按照我們自己的意志和理由感覺到，目前這種可怕的審判雖然看上去似乎那麼無助，完全缺乏美好的承諾，但還是富有希望和安慰的。

> 「審判不會使疼痛的意志變得堅強，
> 勇氣可以讓我們忍受親切的審判。」

進一步講，我們，當然是我們中的大多數人，必須了解到，在我們的本性裡有些東西需要打破，堅決和無條件

地打破。我不知道其他人是怎麼看的，但是我承認自己身上有些毛病極其頑固，比如做事違背常情，為人驕傲自滿，過分貪戀讚譽和成功，就像一頭野獸對著食物瞪大眼睛，發出咆哮，完全沉浸於其自身滿足的醜態。我承認自己有著卑鄙的欲望，渴望獲取而不是去想是否應該得到，愚蠢的虛榮心，反常的懶惰，遇到難事或不喜歡的事就膽怯地退縮，急切地渴望感官上的愉悅。我知道自己缺乏愛心，不那麼忠誠，不溫柔，不體諒別人，十分注重自己的便利，很少考慮他人的福利。此外，我承認自己脾氣暴躁，沒有耐心，遇事草率，十分怨恨我的願望和我的計畫受到任何阻礙；本來是自己考慮不周，卻期待匆忙完成的工作馬上結出豐碩的果實，除了自己的想法，完全無法容忍任何別的意見。

我斷斷續續地做出一些努力，嘗試改正這些缺點，可是它們根深蒂固，甚至在我以為它們已經被剷除時，卻習慣性地再度萌芽，令我感到苦惱。

我悲哀地看出，我必須克服所有這一切，這樣我才能取得進步。據我所知，我其實並沒有選擇這些弱點和失敗，但是它們就在那裡，而只要它們存在，我們的心就不可能平靜下來。由此我領悟到，不管怎麼樣，我必須無條件投降，這些邪惡的雜草不根除，我就不可能脫胎換骨。

在我已經說過的那些難捱的日子裡，在我看來，自己似乎完全陷入絕境，不是一次或兩次，而是日復一日。毫無疑問，我沒有誇大自己患病的狀況，因為如此悲慘的經歷就是生活的所有希望和快樂成分都被吞沒了。但是確實使我能夠真誠和坦率地面對自己的靈魂。我不得不在真理這面鏡子前凝視自己，觀察憔悴而又邪惡的紋路，自我意識深深的皺紋，輕率、偽善和膽怯已經使我的內在面容遭到了極大的損毀。缺少令人欣慰的所有滿足，缺少對未來的所有希望，缺少眼下的所有快樂，缺少過去所有的成功，我被迫清楚地看一看我對自己的靈魂都做了哪些可怕的事。

15

　　你是不是對我這個小人物的經歷有些厭倦了，那就讓我們說一說 19 世紀兩個偉大人物的生平，他們是藝術評論家拉斯金[7]和歷史學家卡萊爾[8]。恰逢有人慷慨出資將拉斯金和卡萊爾最私密的文檔整理出版，使我們有機會看到詳細、啟發靈感的精彩紀錄，深入了解這兩位偉人的生活和所經歷的磨難。

　　拉斯金這個人一生都在坦率地談論自己和自己的情感，對此我們即使並不完全贊同，我們也覺得應該對他的功績表示感謝。我們認為的許多幸運的事都慷慨地落到了他的身上。他擁有巨大的財富，不可思議的快樂，對美好事物極致的愛，高超的能力和勤勉，年紀輕輕就負有盛名，對男人和女人都有著廣泛的吸引力和影響力。儘管如此，成年以後他卻常常意識到自己過著十分不幸的生活，

7　拉斯金（John Ruskin, 1819-1900），英國政治家、藝術評論家、畫家。拉斯金在英國被人稱為「美的使者」達 50 年之久。他的文字也非常優美，色彩絢麗，音調鏗鏘。代表作：《時至今日》、《芝麻與百合》、《野橄欖花冠》、《勞動者的力量》和《經濟學釋義》等。

8　卡萊爾（Thomas Carlyle, 1795-1881），英國作家、歷史學家。他的作品在維多利亞時代甚具影響力。代表作有《法國革命史》、《論英雄與英雄崇拜》、《過去與現在》等。

這一點在相關記載當中是可以找到的。他的社會理論遭到嘲弄，他的計畫沒有人看得起，他的追求遭到猛烈批評。他多次受到強烈的羞辱，不得不陷入神經錯亂的虛幻境界。一些評論家稱讚他的風格，可是卻尖刻地對他的建議開玩笑。當他的名望得到了確立，成為家喻戶曉的人物，他覺得自己是個失敗者。他渴望贏得一個女人的芳心，可是最終還是沒有獲得她的愛。他不得不承擔的悲傷的負荷顯而易見地出現在他憔悴的臉上和呆滯的目光裡。

然而人們一直覺得，雖然經受折磨，但拉斯金的名望逐年提升，使他變得更加高貴；實際上，直到不幸的事紛紛落到他身上，他真正的高尚精神才顯露出來。我們絕不能被他的聲譽魅力所蒙騙，以為我們只要得到相同名望的補償，也能忍受同樣的痛苦，因為名譽對他來說算不了什麼，即便他本人對此有所意識。讀完這部偉大的傳記，人們的確感覺到，拉斯金最終真的是透過自己不情願和痛苦的服從才有所收穫，使他置身於世界偉人的行列。其實從某種程度上講，他所有的天賦才能並不足以讓他獲得如此高的榮譽。對於別人的不幸，他甚至會用幾乎是在折磨自己的力量，發瘋似的努力去補救，儘管是徒勞的，在這方面他具有偉人該有的特點。他在精神上所忍受的真正痛苦是因為他無力以自己的方式和自己的速度把事情講清楚。

　　我們再來說一說卡萊爾。他本性剛強，比較冷酷。與拉斯金不同，他並不希望人們應當被自然和藝術的精緻美麗、生活優雅的秩序所吸引，熱情地使自己的精神進入一種理性的平靜狀態。卡萊爾具有農民和清教徒的天性。拉斯金喜歡說教，他喜歡戰鬥，他同樣希望人們立即遵從他的想法，能進行高強度的勞動和犀利的演講；如果他們做不到，那就教育他們，就像住棚節時的人們那樣，用荊棘響亮地抽打他們。毫無疑問，無論是對美的福音還是對力量的福音，都存在著空間。但是卡萊爾苦不堪言的身體狀況，因輕率任性做出的過分行為，以及傷害過這個世界最熾熱的愛心，都讓他極度懊悔，致使他意識到自己無法自主行事或運用自己的意志。他同樣不得不屈服，勇敢和謙卑地，含著眼淚悲痛地向上帝投降。

　　也許有人會說，這兩個人在智力和悟性方面都是偉人。對那些忙於沉悶的日常工作，過著枯燥無味生活的平庸之輩來說，他們不得不順從，至少他們不會因為自己不可能在世界舞臺上扮演大角色而心煩意亂，所以他們的情況與這兩個偉人大不相同。實際上是，如果你知道許多雙眼睛注視著你，也許就會刺激你表現出端莊穩重的樣子；但是對大多數人來說，當他們遭受痛苦的時刻來臨，追求成為公眾人物的感覺只會增加他們的悲哀。他們覺得，如

果他們退縮到某個地方，過著隱居生活，盡可能不與人交往，就能忍受痛苦。但是他們的生活與那麼多人的生活交織在一起，當他們的生命力只能勝任忍受痛苦，就會得到許許多多的同情和詢問。這背後是喜歡窺視和打聽的世俗社會，不斷泛起各種泡沫，例如流言蜚語、誇大其詞、暗自偷笑、彎曲誤解等等。甚至大人物最祕密的隱痛也會傳得沸沸揚揚。

　　但是 —— 由於這些事情必須公平和勇敢地面對 —— 在回顧自己過去的磨難時，許多人僅僅是對自己的悲慘經歷感到困惑和沮喪，除了覺得殘酷和荒廢，並沒有從中有所感悟，我們能對他們說些什麼呢？他們看不出悲哀的糾結是從哪裡開始或為什麼開始的，他們只知道燈一盞接著一盞熄滅，不幸的事如同潮水般湧來，而且在他們沉悶的喘息中，他們只能無助地依靠舊有的策略和衰減下來的樂趣，想盡一切辦法利用自己的力量，將自己從可怕、空虛的生活中轉移出來。

　　當煎熬的人生火焰閃爍著，逐漸黯淡下來，應該如何描述從牧師和醫生的詢問中，或從他們的竊竊私語中所透露出的可怕故事？假如後續有明顯的平靜和能量，這樣的痛苦是可以忍受的；但是如果沒有，假如死亡的來臨只是一種解脫，就像關上一扇沒有希望的悲劇之門，從中要了

解的是什麼呢？你只能求助於殘留的希望走下去，這也是這些殘留的希望無法熄滅的根源。

依據這一事實，我們可以使自己確信，品德是能夠被喚起和發展的，甚至是在孩子身上，這不可能是任何經驗的結果，但是必定預示著某種以前的生活經歷，以前的精神生活的某一個章節。我是說，儘管我們還看不到，但我們可以使自己確信，人生有一個續集。人的一生不過像是一天，長長的一連串日子裡的一天，從清晨到晚上。如果說不是這樣，那就像一個固執的孩子，堅持在逐漸暗淡下來的暮色裡最後看一眼太陽。我們所具備的每一種能力，推理、希望、愛、信仰，都在告訴我們，當可憐的軀體陷入毀滅時，對失敗的靈魂來說，還有著另一個黎明。我們微弱的感性知覺能那麼強而有力，以至於可以抵抗所有更大、更深入的官能嗎？雖然我們不能設想事情的開始和結局，不能設想創造新原子的過程，或者使任何原子終止存在，我們卻能說到或想到，認為靈魂似乎應當不再存在，這不是很奇怪嗎？墓碑不過是宣布肉身的毀滅，而不是宣布靈魂的消逝，墓碑只能標明生命的某個章節的開始和結束。儘管墓碑可以悲哀地宣布一個人的出生和死亡，那個人的軀體會以上千種其他形式轉到來世，但是靈魂依然活著，也許與成千上萬個其他靈魂共用，但是必然會在那裡。

16

　　我們真正的生命存在於幸福當中，我認為任何人，只要他察覺到這一點，他就不會長時間地繼續悲傷下去。在悲痛中，我們只能忍受，等待再一次活過來。一連好幾個星期，我根本沒有意識到生命，只是意識到有什麼東西被烏雲遮蔽，懸浮在那裡，我還得痛苦地假裝自己活著，從睡夢中醒來，起床，穿好衣服，踏入外面的世界，心事重重、猶豫不決地前行。但是我從未片刻錯認為這是生命。你希望的也許只是為自己做些事情，塑造、訓練和改變自己樂趣的品味。

　　所謂的快樂，我從未有過任何很好的品味，我覺得任何形式的興奮、運動和競爭總會擾亂我的平靜，破壞我最喜歡的單調輕鬆的生活方式；而且有時我懷疑生命是否真的存在於生活的興奮狀態。你也許變得逐漸需要興奮，依賴於興奮，就像你習慣於依賴其他類型的刺激，對興奮的依賴也是自身對某種形式感到恐懼的反應，害怕孤獨，害怕迷茫、不安、厭倦的情緒，這是身體的一個陰影，根本不屬於內心境況。生活當中最幸福的時光是在你要求擁有適當的職責、工作和需要滿足的愛的時候，是在你從未停

止忖度自己是否幸福或渴望事情不同的時候，充實而又熱切地度過每一天。

　　人們常常看到，青春時期模糊的躁動、不滿足、無所事事的感覺，所接受的教育似乎沒有為他們的心靈和思想提供養分，或者把他們引向某一特定的領域；可某一天這些卻瞬間簡單地消失了，以某種健康的客觀性，觸及到真實的工作和世俗事務。就教育本身而言，我們的言論和思想是多麼愚蠢，似乎教育是一個僵硬的過程，所有人都必須服從，教育是確切知識的獲得，與此同時我們沒有理會或忽視了教育在工作和生活方面的價值。我們實施的教育常常不過是人造的不成熟現象的延伸。我認識許多年輕人，他們的辨別能力仍然是孩子般的反覆無常，他們區別輕重緩急的能力一直是古怪可笑的，他們唯一的嚴肅思考是放在體育運動方面的野心，只有在實際工作過一年，或真正接觸世界時，他們才會突然成熟起來，有了公平的概念和同情心。

　　人們不想迫使年輕人過早地陷入焦慮狀態，可是幸福只能在體驗當中、在與其他人的真實關係當中、在學習當中、在妥協當中、在奉獻當中才能找到。雖然有些怪怪的、不那麼自然，很多中、小學和大學的生活裡也能夠分享幸福；但是我認為，我們在很大程度上應當責備培育方

式。為了方便起見，設立了如此不真實的標準價值，讓身體能力和智力發展過度，除了讓學生獲得某種績效，掌握某種程度的技能之外，很少注重培養學生安靜、無私、堅定的美德。

我可以肯定，在我離開大學的那一天之前，學校生活使我忍受了很多痛苦，那種生活僅僅是一場令人愉快和感傷的夢。現在看來，似乎只有那種最虛弱的自我實現才使我激動，受到鼓舞，而不是有人向我指明與他人合作的責任。遵守工作的各種要求，贏得自己的樂趣，什麼時候都是我們維持的最高理想。個人榮譽就是我們大家追求的目標，也是別人勸告我們追求的目標。但是我根本不相信，幸福什麼時候會以這樣的方式獲得。勞動的回報不是花冠和獎金，而是勞動本身。但是學校卻教育你盡可能不理會平凡的家庭生活，把心思放在某種勝利、某種抱負的實現；一旦獲得了成功，飢渴的靈魂就會為自己勾勒出獲取下一個成功的藍圖，由此為了一個個成功你不得不沒完沒了地依次進行下去。可是作為目標，我們應當追求的幸福不是勝利時刻的洋洋得意，因為那不是渴望成功的想法最好的部分。一個男孩如果在獲勝時對沮喪的對手產生同情的感覺，這一想法定會被認為是故作正經，是假裝的，那之後，這種想法自然會被這個男孩徹底拋諸腦後。快樂的

一部分在於他贏得了所有渴望贏得的，而且只能是他力所能及的。從小學到大學，在我的學生時代，競爭是一種至高的原動力。但是現在我堅定地認為，這樣的競爭應當盡可能地加以忽略，減少到最小程度。

理應展現的幸福存在於充實的生活當中，存在於勞作和休息的互換當中，存在於我們對自身能力的運用當中。「啊，」謹慎的哲學家說道：「你的話聽起來很好！但是，其結果只會造成很多人的生活水準低下；堅定的自我限制是成功的唯一條件。」我同意這個說法。不過，成功的目的在於結局這個觀點還有待於證明。在人的心裡有兩種面向，現在扭打在一起。其中一個是古老的荷馬時代關於英雄與群眾的概念，群眾是耐心的聽眾，吃驚地凝視著英雄的壯舉，覺得自己是微不足道的。如果你可以的話，那就快速離開這樣的群體，不接受強制、恐嚇、迷惑、命令。要不然你就保持緘默，心甘情願地崇敬英雄，但是一旦群眾覺醒，情況就非常不同了，那就是讓英雄獨自為自己的力量而狂喜吧，轉而給予遲鈍的弱勢群體每一個機會、每一個鼓勵，給予所有人力量和希望，確保每一個人得到自己應有的經歷，有機會享受自己充實和自由的生活。

當我的能量因病逐漸耗盡，我的頭腦開始萎縮，我認為我不得不忍受的悲慘境遇就是在一段時間裡我失去了所

有繼續生活的興趣，這是因為在我成長的過程中我對幸福形成了錯誤的概念，為了獲取成功而忽視了生活本身。缺少一個可以看得到的目標，缺少一個可以展現自己的表演，缺少一個勝利在望的成功，生命似乎是無效的。當一切都結束時，有人教我清除所有的勞動，所有的努力，就像清除工廠裡的灰塵和鐵屑。歲月流逝，我從未學會把自己的目光堅定、認真地投放在生活本身。那就是所有的工作有一個結局，或者是贏得的樂趣，或者是有理由的懶惰。對「你在做什麼？」這樣的問題，人們期待你回答：「我在思考一個觀點，我在寫一本書，我在考慮競選哪個職位。」如果你說：「我在生活。」你就會被認為不正常或者裝模作樣。

因此，我們當中很多人沒有體驗到生命的意義，也沒有體驗到幸福。體驗這些必不可少的條件是要有一份職業，要有適當的休息，還有與他人的關係。也許這只是我自己的盲目無知和粗心大意的結果，但是我根本不記得什麼時候透過談話或布道使我堅定地相信，一個人與其他人的關係是非常重要的。你必須是服從的，你必須避免結交壞朋友，因為那樣會損害你的事業。毋庸置疑，在許多布道裡有人向我們宣講，一個人必須盡職盡責，不要考慮報酬。但是與此同時每個人在考試中的排名會被打上記號，

獎學金雨點般地落在成績優秀的學生身上，有體育天賦的學生得到了各種寵愛，生活不斷地否定這些溫和的警告。我不認為什麼時候有人告訴我，給予我的生活應當充滿樂趣，情感和喜愛應當得到小心的關照，擁有禮貌、善良、幽默、無私等高尚品格要比獲得一份獎學金或戴上一頂學位帽好上一千倍，工作與跑步或游泳一樣都有樂趣，應對乏味事務的能力要比應對有趣事務的能力更為重要，而且生活本身，時時刻刻都應該是奇妙、有趣、活躍、快樂的。我從未把自己的學校或學院看作是一個團體，大家共同分享充實而又渴望的經歷，也從未想到我應當盡可能做出奉獻，與大家共同承擔每一件事情，充分發揮自己的作用。相反，我卻把這裡看作這樣的地方，可以獲得我能獲得的一切，結交幾個朋友來自保，與討厭的人保持距離，超過他們，強迫他們。當你回到家裡，你就會把學校裡的事都拋到腦後，從不會想到你的朋友或你的活動，僅僅是在家庭生活裡盡可能多地獲得樂趣。我不認為這是一種故意的自私行為 —— 這恰恰是你本能地學會如何對待生活。

　　無疑，當下的年輕人開始更多思考是時候該承擔社會責任了，而且我敢肯定，他們得到的所有指導都應該朝著這個方向，而不是引導他們獲取和保留自己能得到的東西。應當鼓勵他們勇敢和充滿希望地面對生活的奧祕、生

活的奇蹟、生活的完美，要把生活看作美好的禮物和極好的機會，慷慨地和仁厚地加以運用，不要把生活視為一大堆便利條件，從中你必須盡可能多地竊取珍品。有一個古老的故事，當看到小兒子不顧別人、貪婪地吃著果醬餡餅時，慈祥的母親就對他說：「不要再吃了，湯姆，你不知道別人也想吃一點嗎？」

當我遇到麻煩時，我往往會產生怨恨的情緒，感覺自己似乎從生活裡什麼也得不到。我明白，我本應該意識到自己仍然活著，仍然在體驗生活。我無可奈何，只好求助於朋友，卻發覺依靠他們時的我並不愉快。我覺得，我沒有什麼東西可以給予他們，似乎這真的是感情的基礎，享用他們的善良和同情不能使我感到滿足，更何況那時我並不像現在這樣懂事。不抱希望地忍受、不得不掙扎下去、迷茫和可憐是發生在我身上最好的體驗，假如能有更大和更有雅量的視野看待這些經歷的價值，我也許會更勇敢、更耐心，甚至更有興趣地忍受我所經歷的不幸的事。

就像我說過的那樣，儘管我不懷疑，我們真實的生命存在於幸福當中，存在於平靜的活動當中，存在於給予而不是索取當中，儘管你必須永遠不要把蒙受苦難誤認為生活，或者把悲傷的事誤認為最終的現實，然而我確信我們並沒有足夠地尊重生命本身，我們把時間浪費在回顧往事

和展望未來。過去的什麼也不是，除非它為今天的我們留
下了什麼；未來就是將要出現或發生的事情。生活的本質
就應當像格言說的那樣活著，向死而生，日復一日，直到
那一天來臨 ── 有著更大希望、更強烈的經驗、更充實
的生命的日子。

17

　有些旅行方面的書讀起來很乏味，通常，對一些地方的描述並不能使你對那裡的景色和風光的詳細情況產生什麼概念，完全是各種印象雜亂地混合在一起，就像一個破舊的垃圾堆。費不了多少筆墨，一張最簡單的草圖就可以讓我們獲得更好的概念，用不著那麼多的篇幅來描述。我很難弄明白，詞語為什麼如此模糊，如此不能勝任精確的描述。這是多麼確切實在的事情，就拿人的臉來說吧，你看到一些人的臉，就像拍照那樣即刻把面容特徵留在記憶裡，然而，如果讓別人透過閱讀你的書面描述來形成面貌概念，知道你說的那個人長得什麼樣子，那麼光靠這樣的描述完全是一個不可能完成的任務。

　旅遊方面的書為什麼寫得那麼令人不滿意呢？我猜想其原因是平凡的人前往美好的地方，所見所聞所帶來的新鮮感和美感使他們無比激動、無比興奮，所以他們被迫將旅行見聞與一些經歷連繫起來，因為這些東西對他們來說似乎是那麼非同尋常，如同踩著令人振奮、看不見的進行曲向前進。

　如果是一個內行人寫出的遊記，那就會絢麗奪目、色

彩鮮明，作者不是在複製景色，但是他的描述能使讀者在自己的腦海裡形成畫面；在名家的筆下，所品嘗的美食、所聽到的閒言碎語，都有其自身價值。這些都是有象徵性和神祕感的，豐富的食物像是看不見的聖餐，陌生人的話語是具有預言和暗示性的，像是天使的話語，打開生活的視野和遠景，給予永恆國度的訊息，而我們都屬於這個國度。

於是人們逐漸意識到書的主題並不是最重要的，主題不過是懸掛圖畫的掛鉤，人們在生命中接近和辨別的其實是與其他人靈魂的接觸。這終究是存在於所有家具、房屋、農田和花園的後面，與之相配的是製造和使用這些東西的人類思維，而存在於樹木花草、高山平原、日月星辰之後的是上帝自己的心智。你不知道事實真相是什麼，但上帝為我們設計並創造的頭腦一直在運轉著，對什麼是有趣的，什麼是美麗的，什麼是奇異的，什麼是令人恐懼的都有著概念。人們渴望的正是親近感、同情感和陪伴感。

我不得不忍受的最大痛苦就是所有這種陪伴感逐漸從我身上消逝，那時我所有的生活似乎都是呆板和沉悶的，我只是存在著，按照某種習慣生活著，沒有智慧，沒有生命力，沒有快樂。我知道這是一個致命的陷阱，因為生活就在那裡，但是我卻無力靠近或參與其中。於是我明白

了，在我犯過的很多錯誤裡，其中有一個就是我一直覺得自己萬事不求人，可以自給自足。我終於明白，我把所有這種精神陪伴只看作是實現自己意圖的途徑才加以接受，只有在我的滿足感和事業受到阻礙時才會想起朋友們的幫助，去與他們交往，認真考慮他們的建議。這個錯誤，或者說損失，在於不是為友誼本身尋找夥伴關係，不是努力成為這種關係當中的一員，靠近、擁抱、親切地依靠、存在於這種關係當中。這樣的夥伴關係一直試圖使其本身表現出來，勸誘著我。但是所有伸出來的手，所有的微笑，所有的撫慰，所有的愛的話語，我卻當作戲劇性的偶發事情，沒有看作是生活本身的祕密。即使我現在了解了自己的損失，自己的不近人情，自己的冷酷，可是我不知道如何才能重新開始，如何將這種甜美的力量置入我的心靈。所以，隨著沉悶的日子一天天過去，我發覺有些人在我遭遇不幸的時候默不作聲，或者離我而去，或者沒有表現出任何同情和愛意，而這些人我一向認為是自己的朋友，不過我在內心不會馬上責怪他們，但是我會更加深切地感激那些靠近我的朋友。奇怪的是，你會發現這些如此有耐心、如此感情真摯、如此忠誠的朋友並不總是你所期待的人。有些人的幫助和同情使我感到安心，有些人一次又一次來幫我，我只是以為他們與我趣味相投，和他們在一起

很愉快，他們尋求我的陪伴，容忍我憂鬱的空虛，不露聲
色和親切地幫助我承受負擔。正是這些人，他們最急切地
照顧我，耐心地對待我，而我卻猜想過他們是敏感的人，
很容易沮喪的人，常常自我辯解的人，所以這對飽受折磨
的心靈來說不是合適的陪伴。

　　儘管漫長的幾個月過去了，我反覆不斷地覺得自己在
耗盡朋友交情的資源，我不敢進一步提出任何要求，我必
須非常體面地獨自沉沒，然而最能給我勇氣的是，在我需
要朋友的時候，總會有人出現，似乎他們有著某種善良的
救助密約。一切看上去似乎沒有什麼作用，但是卻使我
表現出有禮貌、克制的樣子，不把自己的痛苦向所有人傾
訴。說來奇怪，當勇氣和希望之火逐漸熄滅時，仍然留在
我身上的品德就是某種可嘆的禮貌行為，這一特質引導我
盡最大努力使自己的存在不那麼令人厭煩。這不是非常高
尚的謙恭，因為其中有些成分包含著一種願望，那就是有
點虛飾我自己悲慘的境遇，不願意讓自己的狀態赤裸裸地
表現出來。有些人，他們不可避免地要與我接近，但悲哀
的是，我必須坦言，我無力嘗試裝作無憂無慮、感興趣的
樣子，其實目的不是為了寬慰他們，而是在很大程度上掩
飾我空洞的頭腦、倦怠的肢體和愁眉苦臉的醜態，所以我
真的覺得對不起他們。

18

　　我在自己與他人的關係方面形成了一些新的想法，由此讓我更進一步坦誠地說一說這些新思想對我精神的內在生活產生了什麼不同的影響。心靈體驗的危險在於，這樣的體驗是那麼吸引人、那麼令人驚異，所以往往會在一段時間裡使其他的價值變得模糊不清，遭到扭曲。當然，在人性當中存在著一種強烈和祕密的思想潮流，那就是與世隔絕的想法，也許這會被認為是宗教的影子，或者從哲學意義上講，被認為是宗教的本質和原動力。對所有的宗教而言這是十分普遍的，都是在試圖實現理想，靠近神。禁欲主義，隱士和托缽僧的苦行生活，修道士和僧尼的生活，都是其表現形式。這樣的生活方式能深深地控制最精練、最純粹的精神，有人說得好，其本質是「所有衝動當中最有活力的一種恐怖」，一種繁殖的恐怖，以故意不生育而告終。也許有人提出質疑，其本質是不是父權或母權的恐怖，或者是從智力方面和精神方面對肉欲釋放過程的一種厭惡。我本人倒是相信，他們更加苛刻，不喜歡生理的粗野要求；身體的智性情感和精神情感越是發達，頭腦越是厭惡身體的侵入、支配和誘惑，越是盡可能讓自身

不去感覺所有的生理衝動和物質衝動。所有的神祕事物當中最難解釋的就是這樣一個過程，而人類正是透過這個過程在創造發明、想像力和倫理道德方面超過了田野裡的猛獸。人類在動物世界裡根本不是最強壯的，而自然法則似乎已經武斷地做出了安排，某種動物可以透過遺傳獲得推理能力、實驗能力、運用機械發明的能力，但是這個法則是什麼則完全超出了我們的猜測能力。同樣，人類懷疑自己在這裡的生命並不一定就是自己存在的終點，他們怎麼會有這樣的疑惑是一個無法領悟的祕密；然而，即使是原始人類，葬禮的安排也能證明某種昏暗的信念，即死亡不是生命的終點。隨著推理能力的增強，人類發展了自己的想像能力，勇於推測不同事物的可能性，人們在頭腦裡逐漸形成對生活中一些不好的成分的厭惡，比如疼痛、失敗和苦難，所以盡可能地在內心形成保護自己安全和寧靜的機制。對心理承受能力較高的一些人來說，所造成的影響就是他們盡可能地將自己與不愉快的事情隔離開來，避免與生活中的不幸糾結在一起，儘量不與這些事情發生關係。由此，有些人就變成了隱士，他們不試圖改善社會，只是渴望離開社會。繼續活著的本能在他心裡是如此強烈，所以擺脫生活的憂愁的這種願望並不會發展成為對自殺的崇拜。在基督教裡，渴望與世隔絕的念頭毫無疑問是

根據這樣一個事實形成的特別法令，因為我們的耶穌基督本身作為一個完美無缺的人，以其自身的例子表明，完美並不需要形成任何人際關係。那麼，隨著利他本能變得強烈，相信有可能與世隔絕，與此同時又能透過代禱的方式改善精神世界，你就進入了下一個階段；而且觀念本身已經為自己聚集了許多神聖的聯想。如果你讀過類似《聖奧古斯汀懺悔錄》這樣的書，你就會明白，個人主義觀念是多麼強烈地彌漫其中。照耀在聖奧古斯汀身上的新的光只能啟迪他領悟自己與上帝的關係，並不能喚起他為別人服務的衝動。他從未想到，舒服和安心地為自己的寧靜和拯救做出安排，比如說私下裡加深自己對上帝的認知，多少有點是一種自私的觀念，因為在他看來這是世界上最自然的事。接著，這種信念不知不覺地開始改變，而精神境界最高的人由於羞愧開始對宗教觀念感到厭煩，因為宗教觀念僅僅是促使你渴望在道德方面獲得安全感，追求斯多葛學派理想，有意地實施信仰療法，目的在於不為痛苦和災難所屈服，避免自己的願望和意圖因苦難而受到抑制和損毀，試圖不讓自己受到傷害。

確實，精神境界最高的那些人越來越多地理解到，他們的責任是維護人類皆為兄弟姐妹的觀念；這個世界有很多可以預防的悲傷和痛苦，而他們的工作就是勸服人們去

預防。所有高度敏感的本性都有可能在需要採取行動和做出努力時萎縮不前，因世界的粗鄙、愚蠢和野蠻而產生反抗心理，所以對他們來說，在沉思圓滿的過程中完全擺脫這種本性，更加心性相投地珍愛生命，就是一個巨大的誘惑。喜歡沉思的人發現，道德純潔和道德神聖的願景是那麼難以言喻地美麗和莊嚴，所以他禁不住誘惑，迫切地想把這樣的願景隱藏在心裡獨自享受，陶醉於其中。假如他談論這個願景，粗略地評論，對世界無趣的嘲弄是那麼傷人感情，那麼殘酷，所以他不敢褻瀆。他在這裡偏離了基督的教義，因為基督的整個教導致力於以最簡單的措辭陳述神聖的美。還有令人驚奇的基督教發展的祕密，基督教就像電磁脈衝那樣在世界各地傳播開來，證明了這樣一個事實，即成千上萬人的心裡都有著相同的模糊願景，唯一需要做的就是把模糊的願景確立下來。

　　在我看來，時至今日，神聖的概念似乎是作為一種無所不包的力量，而不是一種絕無僅有的力量得到普及。人們開始從各個方面理解，精神幸福必定不是擁有神祕寶藏的快樂，而是可以靜靜地談論，拿出來與他人分享的東西。與此同時，人際關係的聖潔感已經湧現。現代思潮作為生命的一種巨大的再生力量，趨向於讚揚男女結合的愛。假如我們回顧一下人類一些偉大民族的思想，我們

可以看到，猶太人對這樣的人際關係有著非常強烈的神聖感，道德理想在他們中間獲得最高的力量，儘管禁欲主義理想在他們民族裡並不具有巨大的力量。古羅馬人把婚姻視為一種民間契約，甚至像詩人維吉爾這樣的理想主義者也不相信神聖的愛的力量，認為這是悲劇般的情感，在人們當中造成嚴重破壞。古希臘哲學家柏拉圖，儘管他本人在精神方面的天性很高，也很清純，也是不加懷疑將男人和女人的愛列入較強的生命力量，在他看來這是公民的事情，而男人與男人之間的友誼才是他真正承認的唯一、高度的情感關係。

正是基督教第一個認可人類兄弟般的感情是一種深摯的情感，也是一種生命力，基督精神化了愛，他指明了愛存在的各種可能性，也就是說愛不僅僅存在於家庭圈子，甚至不僅僅存在於平和的人際關係，愛也可以擴展到與冷漠的人、懷有敵意的人建立關係。

世界上很少有人嘗試實現這一概念。愛國主義、自我利益、國家擴張、財產掠奪，一直被認為在倫理上是有正當理由的，反而取代了基督教泛愛的願景。兩個相互交戰的基督教國家可能各自相當真誠地呼籲基督認可他們事業的正義性，儘管是透過殺戮和征服的方式，這樣的實例令人感到悲傷，顯現了人類自我欺騙的力量和將真理歪曲成

權宜的能力。如今有大量跡象表明，一些文明國家開始感覺到這種態度的不一致性。全面裁軍的可能性應當公開討論足以清楚地證明，這一理想肯定會深入人心，得到各國民眾的回應。

　　沒有實現不了的夢想。一個人，如果覺得世界正在按照這些線路前進，他也許就不能停止在世界上的暴行；但是他可以消除疑慮，認為自己的宗教信仰，無論是什麼信仰，會是真誠和問心無愧的。他將嘗試與所有接觸過的人建立簡單而又直接的關係。他不會怨恨什麼，也不會接受偏見；他不會沉迷於猛烈的報復；他將培養自己正直、愉快的心情和同情心；他將把個人的成功、享受和抱負奉獻給樸素和恩情道義。所以，這是我的經歷的作用：使我縱觀世界，朝向所有似乎在我身邊的人，偶然或有意地宣稱我的興趣。新的精神禮物，新的祕密，勢必會影響那種關係，勢必會造成某種差別。新的推動力，重新獲得的熱情，使我對其他民族的情況比以往任何時候更加好奇；但是我現在不能滿足於觀察他們，為他們的獨特性感到高興，滿足於發現和評價他們的特質。我對他們越來越感興趣，關於那些奇妙的事物他們的感覺是什麼，他們為什麼能怎麼感覺就怎麼去做；我希望了解他們的內心生活，分享他們的情感和希望，甚至分擔他們的沮喪和痛苦。

19

　　一天，我的一個朋友告訴我，他曾向一位聰明的女士講述民主方面的一些問題，而那個女人對他所說的卻表現出不耐煩的樣子。這讓我的朋友有些不好意思，便溫和地對她說：「我覺得妳對民主不感興趣。」她遲疑了一會兒，然後答道：「是的，我是不感興趣；我只是對那些被民主政治送上前線的人感興趣。」我認為，一旦你了解人類關係的真實價值，你也會產生相同的感受。書籍、各式各樣的藝術甚至談話，不僅變成了人們以鑑賞者的身分所關切的事物，而且還是個性的暗示——可以說是你自身的靈魂和其他人的靈魂之間的符號、象徵、暗示、解釋和橋梁。要知道，美麗的終究不是被雕刻的石頭或高高的拱門，或者和諧的音樂聲，或者各種顏料組合的油畫，在這些作品的後面是人文精神。我的一個朋友最近越來越多地把興趣集中在文學評論方面。有一天他對我說：「我現在讀一本書，幾乎不會去欣賞書的主題或思想；我現在考慮的問題主要是這本書是如何寫成的。」這在我看來似乎是無趣的聲明；這就像有些人品嘗美食和美酒，人性似乎被他們排除在外。美食家和品酒師對廚師或釀酒師的個性並

不感興趣,而這樣的鑑賞在我看來似乎是不會有結果的,儘管也許挺好玩。當然,在所有藝術裡,最想表達自己的人,發現自己受到限制,不能完全出於快樂去表現、去記錄、去想像、去創造,他們是真實生動的,他們不會簡單地聽天由命,但是又不得不做出評論和解釋,將自己的印象顯現出來;所以人們越來越不怎麼關心藝術是怎麼形成的,更多關心的是其背後的靈魂。興趣在於他們是什麼人,甚至超過他們做什麼;但是你在任何類型的藝術當中所感受到的興趣是概念,而不是方法,儘管毫無疑問方法越是完善,作品的內在聲音就越有機會清楚地表達出來。不過,如果作品缺乏精神力量,僅僅是玩弄技巧則是非常乏味的事情。

面對非常有生氣、強而有力的知名人士,困難之處在於如何得到一個共同點,以便相互感受彼此的情感。在我的經歷裡,當我遇到某個男人或女人,透過觀察他們對其他人起到的作用,他們所發揮的影響力,別人對他們的讚賞和喜愛,我就能察覺到某種優良、熱情和有驅動力的特質,這樣的情況並不少見。然而,如果你的興趣完全在這樣一個人的興趣範圍之外,想要找到一個與他交流的媒介是多麼難啊。即使我對藝術的專門術語了解不多,但是與藝術家們交流我從未感覺到困難;但是我發現自己很難與

工程師、數學家、喜歡賽馬的人、軍人進行交流，假如他們專心於自己的話題，我幾乎插不進話題，儘管我也承認他們是生動、熱情、具有很高素養的人。文學、藝術、思想觀念為我與其他人交流形成了共同基礎，雖然我完全認可這樣一個事實，即有很多人，他們並不能與你分享這些興趣，他們也具有力量、崇高的意志、寬宏大量、真摯的感情和其他高尚的品格。你可以認可志趣相投的人，你也應當盡可能擴大自己的興趣範圍；很遺憾的是，人們察覺到正是憑理智行事的習慣、藝術偏好、民族特性、甚至社會風俗在人文精神方面成為巨大的障礙。但是，只要你能坦率地承認存在著實質性限制，只要你承認生物在死後的未知世界繼續活動，你就用不著絕望。我們必須避開的是這樣一個非常容易遵從的信念，即其他人的精神是令人討厭的，因為他們的追求似乎是毫無趣味的。你可以透過他們的職業來區分其他人的精神面貌，而不是依這些職業為準；假如你將人們與他們的職業混為一談，你就會發現自己處在一個非常乏味的立場。

另外，對有些人發出的各種訊號你千萬不要當回事——比如喜愛的訊號和同情的訊號，求助或希望得到理解的呼喊。這很容易做到，因為你有時會發現，這些訊號只是窘迫的虛榮心所發出的刺耳哀嘆，他們刻意尋找的

不是你可以給予他們的同情，而是你給予不了的稱讚。常常有人寫信給我，把他們的書和手稿寄給我，而他們這麼做不過是以謙卑的方式試圖讓人留下印象，尋求獲得不應得到的掌聲。如果這樣的人要說：「我有東西要表達出來，但是我表達不出來。」與他們友善地交往很容易，但是他們渴望的常常只是讓自己的虛榮得到保證，對此你做不到。實際上，常常必要的是，這樣的虛榮心應當得到抑制，因為虛榮心是遮擋我們的精神和其他人的精神之間最厚實的布幕，無論付出什麼代價，只有把這塊布幕扯下，你就可以開始從根本上認識他人。我不是說，抑制他人的虛榮心是你的責任，但是不要助長虛榮心肯定是一種責任；虛情假意的讚美，儘管聽上去像是有禮貌的解決方法，卻並不是能讓你滿足的權宜之計或應急手段。

假如只有其他人願意坦率、真誠地談到自己，即使自我剖白是非常虛弱和顫抖的事，其深切和真實總是令人關注的；懺悔常常是很好的補藥，作用甚至超過赦免。我記得曾經和一個非常任性、自我中心的年輕人進行過一次長談，他聲嘶力竭地講述著自己瑣碎的積怨。我與他爭論了幾句，可是他所做的一切就是暴躁地大聲叫嚷：「你不理解！你不能從我的角度看出問題的所在！」聽到這話我離開了。但是事後不久他告訴我，把自己的情況表達為明確

的詞語已經改變了他對此事的整個觀點，而且他懂得了抱怨是多麼可憐而又可鄙的事。在這樣一些情況下，你只能遵從自己的本能，而我從未因尖刻、辛辣和所謂的敏感獲得什麼好處；與此同時，我從那些允許我暢所欲言的人們那裡獲得了更多的好處，而且似乎為自己這麼講話而感到相當慚愧，而不是蔑視或憤怒地表達。

但是，不惜任何代價，無論犧牲什麼樣子的偏見尊嚴或權威，你必須以某種方式與人們交流。我們正是為此生活著，如果說我們無力抓住風和太陽，那麼這些就是掌握在我們手裡的微妙的線。

20

　　我敢肯定，無論多麼安靜，多麼不冒犯別人，你不能也不可能將自己與人類隔離開來。在早年寫一些書的時候我犯過這樣的錯誤，對此我感到懊悔。當然了，如果藝術家希望高度集中精力工作，從某種意義上講他就必須使自己處於隔離狀態。如果作家希望寫出好的作品，他在閱讀和寫作的時候就不願意被人打擾。他一定要全神貫注，而一旦這種狀態結束，隨之而來的一定是冷漠和精疲力竭的情緒。有些偉大的作家，例如華特‧司各特[9]、薩克萊[10]和狄更斯，以他們充沛的活力同樣能夠做到頻繁地參與社交生活。薩克萊就是一個應酬很多的人，非常健談，不僅是作家，還是編輯和策劃人，他可絕對不願意過著隱居的生活。他是那麼渴望生活之光、生活之聲和生活氣息，所以到了晚年，他甚至不喜歡在書房裡寫作，寧願跑到俱樂

9　華特‧司各特（Walter Scott, 1771-1832），英國詩人、小說家。代表作有《湖邊夫人》、《泰瑞亞明的婚禮》、《島嶼的領主》、《無畏的哈洛爾德》、《昆丁‧達威爾特》和《十字軍英雄記》等。

10 薩克萊（William Makepeace Thackeray, 1811-1863），英國小說家。代表作有《浮華世界》、《潘丹尼斯》、《亨利‧艾斯蒙》、《紐康家》、《丹尼斯‧杜瓦爾》等。

部或者旅館的吸菸室。狄更斯同樣喜愛社交生活、戲劇表演和各種娛樂活動。華特·司各特喜歡黎明時分在鄉下安靜的小書房裡寫作，創作了很多名著，而這時他的客人都還在熟睡當中。可是到了白天，他則與朋友交談，款待朋友，建造屋舍，規劃田園，騎馬打獵，活躍地過著鄉紳的生活。但是另一方面，小說家當然不能遠離物質世界，因為他們需要從中獲取素材編織他們的夢。

　　然而，就一些最有個性的作家來說，看一看他們是如何從一開始就熱心和渴望地追隨自己的夢想願景，他們的特點就更加明顯。他們在自己幻想的魔法森林的林間空地散步 —— 這樣的林間空地甚至與人類開闊的牧場和耕地分離開來，被深遠的廣袤森林、枝葉茂盛的通路和種得很密的樹叢所分開，而且更進一步，以其所有流動的霧氣遠離城市的塵囂 —— 對他們來說，這些是那麼可愛，離他們又是那麼近，所以他們的心除了閃爍在綠草上的陽光、落在葉子上的雨滴或灌木叢裡傳出的鳥鳴，其他的什麼也容納不了。但是，你最終要走到樹林的盡頭，那裡總是處在黎明時分，西下的斜陽從未出現。對詩人來說那是關鍵時刻。有時候，詩人只能無能為力地在林中小道向後窺視，為失去美好的光景而憂傷 —— 但是有時候，這些是值得的，他熾熱的心對地球上的所有居住者充滿深情，無

論是快樂的還是悲哀的，聰明的還是愚蠢的。他從夢中醒來，開始意識到一個更大的有關生存的祕密，這個祕密他差一點錯過，感覺到一大隊無助的人在黎明和黃昏之間悠閒或者小心地走著。他畢竟也是其中一員，儘管他曾經徘徊，希望脫離他們。而且正是在這個夢醒時刻，詩人了解到並確定自己的偉大之處和虛弱之處，他的生活才能夠很快隨其重點而定。

我認為確實如此，所有偉大的詩人都曾不得不面對這種覺醒，真的，還有其他的作家也是這樣，雖然他們沒有寫出什麼詩句，或者寫出的詩句非常拙劣，但是在心裡和創作中都有著詩人的胸懷。對一些人來說，過於依賴音樂般的詞語和旋律優美的樂句等技巧，已經摧毀了他們的滿足感和快樂；但是對最偉大的作家來說，他們卻已經創作出更深刻、更真實的音樂，直到他們的聲音像晚禱的鐘聲穿過屋頂那樣飄入天空。

我只能說一說自己從痛苦中覺醒的情況。不管多麼膽小、羞怯和疑惑，我確實逐漸意識到這種範圍更大的希望和情感。在我的一生中，我曾有二十年時間在學校裡與學生和同事一起生活。但是，儘管那裡有著極其美好的清新感和衝動感，在學生的日常生活裡和內心裡，他們並不能從整體上認識人性。他們只是看到了事物的側面之一；甚

至在他們犯錯和出現過失的時候，心裡幾乎根本沒有產生陰影。錯誤有人糾正，罪惡有人消除；當知識的果實從樹上採摘下來時，除了希望再從頭來一遍，其餘的所剩無幾，而這時代價仍然需要支付，他們還沒有進入薄暮之城。此外，在當小學校長時，我可以看到一代代的人快速變換。正當心靈開始朝光敞開，低年級的升入高年級，新生取代了原來的學生。

　　當我離開學校時，所有那種忙碌而又快樂的生活都被我拋在身後，眼前浮現了大量的希望和願望，希望按照自己所喜歡的路線生活，希望估算所累積起來的印象，渴望運用所有在安靜的時候沉思出來的想法和對生活的展望來充實自己的內心，這些是你在轉瞬即逝的時刻之前剛剛想抓住的東西，就像城裡的孩子放假時來到鄉下，兩手抓滿樹葉、花枝和草莓。

　　這裡面存在著極大的錯誤，我決心按照自己的條件生活，做出自己的選擇，有意地排除所有粗糙和枯燥的成分，看起來是那麼平靜、那麼毫無惡意、那麼成功！

　　接下來，明亮的天空突然飄過來大片烏雲，眼前的景色籠罩在雨水中，我疲倦地站在山坡的小空地上，不知所措，只能忍受著風吹雨打。然而我知道，儘管我看不到也抓不住，地球上的美麗和甜蜜就在暴風雨後面，就在暴風

雨當中。所遺留下來的美好就是我以前忽略的東西。結交
朋友和建立友誼以前只是一種輕鬆分享快樂或奇特經歷的
方式，就像在一個陽光明媚的日子與朋友一起在山坡上高
談闊論。可是現在的我似乎被某種精心制訂的愛的密約以
難以形容的親切和感情包裹住了，當我除了無助的禮貌和
無言的感激，拿不出什麼來作為回報時，這種親切感只能
是渴望給予、保護和幫助。

　　然後，我的眼界真的打開了，我看到這個世界存在著
有意義的愛，無限強壯、無限有耐心，比我以前獲得的樂
趣更親切、更強烈，那樣的樂趣曾一直是我冷淡的親緣關
係和朋友關係的基礎。但願我能說出或表達出其奧妙。但
是這種事情只能被感覺，不能以想像的詞語說出來被人所
知道。

　　所以，人類偉大的同伴關係突然出現在我的視線裡，
以前由於愚蠢無知我卻從未領悟過。愛與關懷的巨大潮
流就在那裡，默默地沖刷著多岩石的生命小島，順從某
種巨大而又遙遠的力量推動，然而，所有一切都是在和
諧的情感當中神祕地搖動著。我怎麼會忽略了呢？以前，
有很多事情在我看來似乎都是些不重要的瑣事，甚至是怪
異的現象。比如人們用粗俗的話語和笨拙的套話發洩黨派
偏見；喋喋不休地爭論，可笑地會面和聚會，默不作聲或

無聊的人們的相互仰慕，還有我苛刻、理性地做出判斷的事等等。現在我明白了，這些事情其實是一種堅實力量的跡象和象徵，無限強大、無限真實，其現實性超越了所有的藝術和感知、價值觀念和類型、色彩和比例、所有沒有靈魂或半有靈魂的東西，而且我認為後者還象徵著從遠處到此處的動機，如果與生活的聲音和腔調相比較，這些跡象只能像是寫在牆上的文字與對這些文字的解釋所做出的比較。

你可以一眼看到所有這一切，了解到這一切，相信這一切，知道這一切就在那裡，但是把這一切變成自己的那還差得遠，這一切的到來必須是逐漸和謹慎的。打個比方說吧，我看到，以前我就像是鐘塔裡的蜘蛛，趴在自己結滿灰塵的網上，每隔一段時間就會被大鐘的轟鳴所打擾，從未猜測傳過來的鐘聲除了使石牆和昏暗的百葉窗板產生振動還有什麼更多的用途，從未想過這是全城都能聽到的報時聲，甚至能遠遠地傳到榆樹環繞的家園，人們就是以此來劃分白天和夜晚，限制他們的勞作時間和休息時間。

21

　　時間和空間，這些是永恆的難題。從某種意義上講，你必須為了生活而工作，全神貫注於業務和苦差事，需要獨立地做完苦工和累人的事，需要掃除碎屑和灰塵，即使這樣，可憐的軀體還在很大程度上任由物質需求的擺布，比如說吃飯和睡覺，你如何才能自由地與其他心靈進行接觸呢？絕對不能低估工作的重要性，工作對我們大多數人來說是健康人生的必要條件。然而，人類最偉大的人們似乎是透過根本不勞動來解決這一問題，假如每日辛勤地勞動是那麼重要，基督自己必定會在這一方面已經樹立了榜樣，或者稱讚勞動的神聖；可是沒有證據表明基督為了謀生而埋頭苦幹過什麼工作，而且他的所有教誨是反對勞作，或至少是認為憂慮地工作是沒有意義的。渴望滿足身體需求，食物、衣服和住所，上帝是多麼輕視這些東西！在他的寓言裡，純潔的人既不用辛勤勞動，也不用紡紗織布，馬大因主婦般的照顧而受到指責。福音書裡講的是簡樸，是平和，是愛，從來不講工作。那麼看一看蘇格拉底，他有意把時間花費在談話上；聖方濟各，他勇於把所有的時間都用來思索人類生計，卻要挨家挨戶去乞討。對

這些人來說，生活不是做苦工，不是擁有一處房子在裡面料理家務，更不是賺錢發大財，這些事情完全是在浪費時間。生命的目的是與同類混合，提出問題，講述故事，在祈禱中表達他們的希望，如同透過實務教學，他們指明，對我們大多數人來說，持續不斷地關心舒適、食物、好房子和投資就像一層面紗，這層面紗輕薄或厚實地垂掛在我們與真理之間，這些都是是短暫的東西，而情感、友誼、相互理解和同情是永恆的。

用不著非常擔心人們會過於急切地信奉那種生活理論；實際上，希望也許寧願是這樣的，就像財富慢慢地變得均衡，生活變得能夠簡單些，我們每一個人也許最終轉向享受家居生活的平凡事務，這絕對不會干擾思想，而是快樂地運用手、眼睛和腳，唯此而已。

如果人們普遍採取簡單生活的方式，所有人也許就會過著休閒安逸的日子；然而奇怪的是，我們看到那麼多的人按照累積財富的本能行事，這是為了獲得更多休閒時間的本能，但是當他們達到了自己的目的，卻怎麼也放不下工作，儘管他們只是在機械地做事，他們的工作毫無意義。

假如我們承認我們大多數人辛苦工作是有必要的，我們仍然每天都有機會廣泛接觸各式各樣的靈魂，年輕的和

年老的，無論是在工作的時候還是在休閒的時候，如果我們願意，我們也許可以與他們建立連繫。可是，將我們分隔的是什麼呢？最常見的是各式各樣的謹慎，對他人動機的懷疑，擔心被人利用、嘲弄、瞧不起的恐懼。還有，不同階層和不同傳統的差異、目標和理想的差異、品味的差異，以及挺奇怪的，那就是我們本能地不喜歡一些人。但是真實的障礙是自私自利，這使我們對別人產生敵意，因為我們害怕自己的安排、自己的希望、自己累積起來的財富會受到破壞。我們希望得到別人的理解、尊重和畏懼，當我們獲得了權力，我們也許會用來做任何事情，不僅如此，我們還會由此感到安全無憂、洋洋自得、高人一等。所以，我們開始相互不信任，相互躲避，我們以雄心、榮譽、勇氣和愛國主義的名義虛飾自己的憎恨。但是說到底，所有這一切其實意思是一樣的，那就像是設法弄到一處私室，我們也許可以獨自待在那裡歇斯底里地發狂，對著獵物咆哮，沉湎於自己的收穫。但有時候，靈魂謀劃拋開那一切，平靜地將其所感受到的感情表露出來。在愛情、友誼和交際等方面，人們開始察覺到，他們的興趣並不都是個人特有的，真的是有共同之處；他們了解到，少一些索取，多一些奉獻，他們可以獲得所渴望的安心生活和舒適生活。一個人的心臟越是強大，就會越少地利用自

己的優勢，就會更多地有意與他人分享自己的幸福。誰不知道為自己所愛的人做出一定的犧牲是最純粹的快樂？

但是某個人也許會說：「是的，我把所有這些看作遙遠的夢，夠美好的，但是行不通！我如何才能開始？我發覺自己處在一個狹窄的地方，身邊有很多人，可是他們的興趣愛好與我的相牴觸，他們似乎不喜歡我的生活方式和言談，不希望對我做出任何妥協。在和平共處和相互喜愛方面，有什麼切實可行的措施我可以採取呢？」

答案是，我們必須了解並清除自己頭腦裡的一些想法，因為這些想法會使他人感到煩惱或者激怒他人。我們不可以武斷地做出判定，我們不可以責難他人，我們不可以抓住好的東西不放手，我們不可以無端猜疑他人或與他人抗爭。我們必須盡可能真誠、有禮貌地接近他人。我們預先就對人們抱有錯誤的態度，想當然地認為人家是傲慢的或懷有敵意的，總是猜測可能發生的爭論，與人交往困難的原因大半就是這個。我回想起自己年輕時曾忍受過一些極討厭的人，發覺自己處在一個不熟悉的圈子，尤其是那個圈子裡人的追求與我的不同。總是有人希望隱瞞自己的無知和笨拙，希望勸說他人相信自己的作用；然而，只要簡單地了解一下，這些原來是多麼單純和善良的童話怪物！

在像我這樣的生活裡，其實根本沒有什麼障礙。大學校園這樣的地方，只要時間允許，你可以認識很多人，其中多數人對你的友好態度都願意做出反應。作為作家，我發覺把自己心裡所想和所感受到的準確表達出來是很容易的事。透過我的書，我結交了許多素昧平生的朋友，他們寫信給我，向我發出友好的訊號。當然也有很多人不喜歡我的書，認為我寫的東西感情脆弱、廢話連篇、欠缺尊嚴。我不想假裝喜歡這些不贊成或瞧不上我書中內容的評論，因為這些正是我應當避免的。但是不管怎麼說，我的意思是堅持走自己的路，不是為了名聲或金錢，而是為了愛，雪萊說過，名聲只是愛情的偽裝。

假如有個愛發牢騷的人問我，追求愛的意義是什麼。假如他說他不重視愛，或者不想得到愛，只是渴望安靜地度過一生，做些使自己高興的事，那麼我就無法回答，只能說我相信有朝一日在某個地方他同樣會被捲入愛的潮流。你不能抵擋住世界上這種最強大的力量。一個人，如果渴望脫離同類，那就像是古時候漫無目的遊蕩的騎士。因為我相信我們都一樣，我不是在這裡打一個比方，而是在陳述事實。過去的牧師，如果證明自然現象是他論點的證據，說天上有一個太陽，有一個月亮，有一大群星星，那麼他以整體性為題目布道就會受到嘲弄。星星有著各自

的運行軌道和路徑，不同的光亮和距離，正如我們各自有著單獨的軀體和不同的生活方式，它們只是飄動的物質群體，有一個像大海那樣的統一體。我相信我們的靈魂同樣有著與此類似的統一體，相互之間的親密程度甚至超過夥伴或兄弟；而我們的任務是承認這種親密關係，盡可能地加以親近。

所以，我將盡可能接近每一個人類的靈魂，接近到足以發出訊號的程度，「啊，是你！你在那裡！」足以靠近地了解到，我們對生活有著相同的分擔和品味，對光明、健康和工作有著相同的樂趣，相同的希望和恐懼，相同的偉大覺醒。我願意橫在我自身靈魂和其他人靈魂之間的障礙完全被清除，我願意關心全人類，就像我時常想起不在自己身邊的朋友，他們的笑容、言語和動作在我寫作的時候出現在我面前，我每天都希望能夠看到他們和聽到他們說的話。當然，關注的程度肯定會有些不同。假如我們的思想存在於同一區域，喜愛相同的運動，相同的光線，相同的聲音，那就容易多了。你可以與你見過的大多數人建立關係，你不該退縮，說這裡有個人我再也不想見到他，我們毫無共同之處，我為什麼要自找麻煩去喜歡他或努力讓他成為像我這樣的人？這種惰性必須克服，我們絕不能養成這樣的習慣，昏昏欲睡地消磨每一天的時光。潛藏於

各種政治活動、社會團體、工作問題和統治問題的生活泉源，就在於無止境地渴望人們不要彼此生分，而是與其他人達成妥協。我們為什麼被囚禁在對立的勢力當中，與興趣相牴觸，其原因也許就是我們沒有學會從中尋找出路。

我認為，我為什麼現在覺得這些如此迫切，那是因為我不僅逐漸意識到自己靈魂的活力和持久性，也開始意識到所有靈魂的活力和持久性；所以，我真的急切渴望不再理會生命意義的觀點、落日和隱士的夢想。我的思想對別人並不一定有用處，我很懷疑自己這方面的能力。我根本沒有意識到力量、美德或幸福源於何處，雖然這些我都得到了分配。我當然沒有能力推薦我作為榜樣，我也不是值得人們追隨的榜樣；但是我渴望了解其他人，明白他們的想法，博得他們的同情，理解他們。我相信正是在這些方面存在著整個的生命價值和生命效能。也許具有某種美的東西在我們自己的理想和目標裡，但它們往往會由於性情和偏見而受到玷汙。我認為，人類內心最深處的思想傾心於純潔、善良、真實和美好的東西，而我應該透過與其他人心靈的接觸使自己虛弱的意志得到加強和修正。當你接觸到直率、慷慨的人，事情做得非常好，而你費盡心思也做不好，你不必愚蠢地把這個人理性化，或者更加愚蠢地把他當成偶像崇拜。

有些時候，當你面對莊嚴和不幸的事情時，你確實能不可思議地突然靠近人的靈魂。有一天我走過一個小村子，看到教堂那邊有一群人站在那裡望著一個新挖的墓穴，一個憂鬱的老人，腿有些瘸，依靠在牆上站著，從他的臉龐和相貌看他根本不是個英雄般的老人，我認為他是個酒鬼。我停下腳步，問他這是誰的葬禮。我想，他一直以獨特的方式在寬慰著自己，但是這樣一來就釋放出了那種詩意的感覺，而這樣的感觸深藏在許多人的心靈深處，或者說刺穿了蒙在我們很多英國人臉上羞怯的面紗。他簡短地告訴我，這是一個農人的葬禮，上了年紀，三天前非常突然地死了。接著他對我說，「他是我的朋友，真正的朋友！他這輩子飽受苦難，為人善良，也很安靜。在他去世的前一天，就在這裡我們還在一起閒聊，當時他說教堂裡的墓地太多了。他並沒有料想到自己這麼快就離世，現在我要看著他被埋葬在這裡。我知道，用不了多長時間我也要隨他而去；但是不管怎麼說，死亡真的是很悲哀的事！」

　　他昏花的老眼流出了幾滴淚水，流淌在面頰上。他看我了一眼，我知道自己理解他的心情，而他也理解我，我們都感受到了黑暗的恐怖和我們對所有熟悉事物的熱愛。

　　我恐怕不應該喜歡這個老頭，不該把他視為同伴；但是透過所有這一切，我了解到我們再怎麼說也是同類，儘

管我們之間的差異很大。而我同樣感覺到，那一時刻對我們兩個人來說很有價值，甚至超過了我認為的那一天的重要工作。實際上，我們不得不做的是應當從體面的生活方式和有尊嚴的偏愛中解脫出來，了解安逸、快樂和活動都會終止，就像冬天裡我們呼出的氣息逐漸消散在空氣當中；但是對我們來說，真正要緊且影響我們、依然存在的是這樣一個事實，即我們能開始意識到其他靈魂，也許會受到阻礙、感到負擔沉重或者有所限制，如果我們確實不能像人類語言或思想定義的那樣相互更靠近一些，更一致些，我們和那些靈魂的關係也是極親密的。

22

　　這樣一來我就懂得了，一個人必須使自己的手與生命的臂膀連接起來，不僅如此，你必須有工作，不僅是你自己選擇的工作，還有乏味、艱難、令人討厭的工作 —— 就是那些你寧願沒有開始做的，或者即使做了也盼望快點結束的工作，也許還要表現出努力工作的態度。還有另一個錯誤 —— 我犯的錯誤可不少，這些錯誤一個又一個地出現在我身邊，手指搭在嘴唇上，微笑著看著我！僅僅致力於使自己高興和興奮的工作是不行的，這些事情早晚會失去味道，就好比你不可能天天吃美味佳餚。有吃羊肉的日子，也有喝粥的日子，就像威廉·莫里斯（William Morris, 1834-1896）以其直率的風格說過的那樣 —— 沒有永久的筵席。你不可能避免自己不受到家傳的影響。我的祖輩在很長時間裡是農民，在田地裡耕種，後來成了做買賣的商人，接著才是教師和作家。在我的家族，每個成員都必須做些必要的工作，自己去謀生，沒有誰可以得到赦免。我骨子裡就是個中產階級，沒有能力強制自己過著安逸的生活。

　　假如你獨自做著什麼快樂的工作，日復一日，你的快

樂感覺會一點點耗盡；假如你沒能將你想做的事從一而終
地完成，未能在一個春天的早上離開，置身於綠意蔥蔥的
雜木林；或在一個金色的秋日置身於結霜、覆蓋著薄霧的
林地，看著樹上的紅葉，那麼即使快樂最終來臨，你也很
難體會到那種強烈的、盼望已久的樂趣。這不是在說工作
的責任，我全心全意地主張勤勉工作；但是選擇你所想的
工作，拒絕所有的苦差事、累人和煩人的零碎瑣事，這種
能力是享樂主義者的願望，與健康的生活格格不入。你
必須面對和忍受枯燥乏味的工作，我不必具體說出什麼工
作，這些工作是我們大家和大多數藝術家都需要的補藥。
一些藝術家可以在自己的工作過程中獲得，這些工作包
括準備調色板、配置顏料、揉搓黏土、切取石料、抄寫樂
譜，所有這些和其他手工操作的工作使一些藝術家在精神
上得到了他們需要的調劑。但是喜歡沉思的作家們就沒有
這樣具體的輔助程序，思想和印象的穀粒被磨成麵粉，從
漏斗流入麵粉袋，所有機械作業都是在大腦齒輪的轉動下
完成的。作家越是興奮，越是饒有興趣，他的工作越是充
滿危險。我想知道，還有比找到妙語佳句，形成美文腹稿
更令人發狂的事嗎？

　　但是我們需要克制，生活裡我們少不了會受到一些瑣
事和沒有意義的禮節活動的干擾，這個時候就不要試圖整

理自己某個精妙的想法，使之形成文章，因為這麼做只會讓你感到無奈的痛苦。拉緊的線可能會斷的。

　　我不希望立即減少或清除世界上的所有累人工作。我只是希望減少那些純屬浪費的苦差事，例如花費巨大的軍備，那只是國家間用以相互進攻和恐嚇的手段。我希望窮人不再為照顧有錢人的奇怪念頭和奢侈行為而付出辛勤勞動。我希望這個世界做苦工的人有時間培養自己對簡單而又美好事物的品味。這並不是說，健康快樂的物質或機會在平凡世界是缺乏的。印刷、攝影術和鐵路已經帶來了美好思想和有趣思想的快樂、藝術的快樂，讓我們看到地球上的綠地和波濤洶湧的大海，所有的美景幾乎就在附近——假如這是他們想要的！如果他們的想像力需要滋養，可為想像力提供的糧食是充足的。問題不在於為什麼給予人類的東西他們卻不在乎，而在於如何讓他們關心自己已經獲得的東西。在我看來，令人悲哀的是我們設備齊全、效率很高的學校在這一方面十分欠缺，他們的教育並沒有觸及想像力和心靈，而治癒我們罪惡的療法恰恰存在於想像力和心靈當中。

　　有些人，他們的命運也許就是當工人，學校不是教育他們享受體力勞動的樂趣，充實消遣時間，而是教育他們嫉妒坐辦公室的人。

　　也就是說，假如你只能首先將人們的思想集中在工作的快樂，而且還要他們把注意力很自然地放在生活的喜悅上，而不是人造的娛樂活動上，這個世界就會有很多令人高興的事。

　　而且我認為，我們最糟糕的錯誤就出現在這裡，那就是我們確定以各種形式懲恿競爭的本能和對抗的本能。我們不是獎勵能容忍、和善、心情愉悅的人，我們獎勵強壯、靈巧敏捷、自給自足、無禮傲慢的人。我們向孩子頭腦灌輸的觀念是，他們必須打敗其他人，確保他們能獲得所有優勢。在我看來，這就像我上小學時所嘗到的會毒害人的滋味——分數、榮譽、體育獎項。一切都是為那些善於奪取、擁有和表現的學生準備的，至於那些無私、遲鈍、笨拙的學生除了充滿羞辱性憐憫的不信任、蔑視和同情，就什麼也得不到了。應當受到獎勵的學生，雖然他們不抱有成功的希望，結果卻證明他們耐心學習，誠實做事，喜歡負責任，看重兄弟情義。然而，這樣的學生卻因愚笨和羞怯讓人覺得可憐，花冠落在了勇猛、沉著、敏捷的學生身上。其實，培養學生的目標本應該是對工作的愛，對休閒的滿足，還有家庭的和睦。

　　假如這樣的理想展示在我面前，我可能已經受過這些理想的訓練並愛上這些理想。但是我被鼓勵去努力炫耀、

去做驚奇的事和討人喜歡的事，如果可能的話，去贏得別人渴望的獎賞。我想，我得到了拯救，作為一個男孩子和年輕人，我因懶散、膽小、喜歡安靜而免遭災難性制度的迫害；但是我學會了厭惡自己的工作，浪費自己的休閒時間。接下來，在我活躍的校長工作過程中，我身邊小學生的興趣、學習上取得好成績的虛榮心、被老師表揚的快樂，使我的工作免於失敗；但是新的興趣，或者長期壓抑的原有的興趣難以控制地出現了，直到最後我決心不再如此漂泊，就像我以前說過的那樣，投身於文學寫作，享受情趣相投的快樂。

對此我不後悔——只有這樣，透過坦率的體驗，我們才能吸取教訓。但是現在我知道，我們不能屏棄苦差事和累人的工作，即使有的工作可能會阻止你的自我取悅和追求快樂的放縱，那也是不可缺少的。神聖的任務，如果可能的話，應當像很久以前的婚宴上，將生命之泉變成生活的美酒。生命之屋的牆壁必須得到穩固和嚴格的建造，無論你怎麼下大力氣用美妙如畫的理想和掛毯來裝飾都不為過，多彩的顏色和別致的樣式也許會讓你的眼睛一亮。

23

　　如果我說，我們絕不能忽略人類，或與人類失去連繫，我並不是說隱退到哪個幽靜的地方或宅院裡。有一些人，無論他們住在哪裡，他們幾乎不可能與世隔絕，他們一定會尋找某些關係，然後追求這些關係。像這樣一些人，沒有任何負擔和壓力，也不是出於好奇或什麼目的，只是展現出了某種美好的自然本能，他們能夠根據寬鬆的共同基礎與大致相同的人交往，即使可能是默默地微笑，對他們來說，知道有其他人的存在就足夠了。但我卻沒有這樣的天賦，然而我擁有強烈的本能欲望，希望發現有關人們的一切，與他們在一起，形成對等和相鄰關係，與他們談談心，走進他們的心靈。我想知道他們的品味、抱負、生活環境、偏見、做事理由和夢想。我渴望將自己的經歷和目標與他們的進行比較，在我們各自的頭腦裡建立起相互連繫的通道，進入他們的工作室和幻想花園。這樣一來，對於那些冷漠或詭祕或傳統的人而言，想要披上盔甲，戴上面具，就是一件讓人筋疲力盡的差事，因為我希望他們洩露自己的偏好，現出原形。對那些屬於善於觀察和喜歡探究類型的人來說，儘管這一過程足夠簡單和愉

快，使人身心健康，情緒高漲，假如你厭煩了，或者過於全神貫注，或者倦怠了，那就很有可能變成相當痛苦的折磨。事情照舊不得不繼續進行，機械地和沉悶地，沒有熱情和活力，就像疲憊的樂師沒完沒了地彈奏著樂曲，困倦的撲克牌玩家沒完沒了地玩著虛構的遊戲。假如你退縮到選擇出來的朋友形成的圈子，得到他們的保護，你可以不必明顯地表現出不愛交際也能過上退隱的生活。每個人都有權加入一個親密的交友圈。實際上，如果沒有這樣一個圈子，你的生活其實是非常呆滯的。但是你必須懂得，與生活的接觸自然離不開與一定工作的接觸。也就是說，如果你不得不與人們形成關係，無論你是否喜歡他們，與他們打交道，都要依照他們的意見調整自己。那就要考慮並重視這樣一個事實，即他們看待事物的觀點可能與你的不一樣，更可能認為你的觀點違反常情。比如說，如果你知道同事認為你的觀點不可思議或不合理，你不得不努力去說服他，不僅僅是因為你有權維護自己的觀點，還因為他可能沒有理解或者過度輕視你的觀點，這就需要你的頭腦具備靈活性。你不得不充分利用形勢，處理好與他們的關係，學會妥協，甚至在得不到信服的時候做出退讓，接受別人出於偏見對你進行的猛烈打擊，痛苦而又驚訝地意識到你被別人認為是固執、愛管閒事、或能力不足的。你意

識到自己摯愛的觀點也許根本沒有分量，或者被人厭惡和懷疑地看待。犯下錯誤，由於管閒事而吃虧，因堅持而失去機會，非故意地冒犯，或者無論你的想法看上去多麼合理、多麼富有成效，你也不能為所欲為，即使這一切實際上是有教益和有幫助的。不在其他人陪伴下從事一定的工作，那就得不到這樣的認知。在這一方面過高地鼓吹你的理想，或者以一種緊迫的責任感對待生活，試圖運用偉大的規劃幫助人們都是沒有用的。首先你不得不使他們渴望得到幫助，然後安心和充滿希望地相信你就是他們可以求助的人。如果說有什麼我不信任的態度，那就是有些人想要發揮影響力的態度。一般說來，這僅僅意味著一種性格：自以為是，沒有同情心。你不能以這些態度面對生活。如果你獲准在什麼事情上發揮作用，你就必須對此表示感謝。就照著人們現在的樣子和本來的面目去愛他們，假如你不能喜歡他們，那就對他們產生興趣，可能的話，讓他們為你帶來快樂——這才是更為健康的態度。你不能在軍隊生活中贈送給自己一份上尉委任狀，而如今你甚至不能贏得這個委任狀。升官必須靠功績，很少有應當得到升遷的人沒有得到升遷。

　　當然，獲得成就，贏得一個職位在英國是有著極大誘惑力的事情。我們是非常慣於順從的民族，相信從屬關

係。幫人們貼上標籤，做出分類，我們有著廣泛而又詳盡的制度，而且擁有一個完整、非常方便的標籤體系。假如你有什麼觀念要宣布，或者對生活行為有什麼建議要提出，你就會非常迫切地希望獲得一個明確的標籤，因為在英國，人們喜歡聽那些有某個頭銜的人講話，如果不能直接、自由地與作家接觸，表達敬意，他們也會尊重他的思想。在英國，表達你在想什麼並不是一件非常容易的事，但是很容易發現其他人想什麼，並加以議論。從進步的觀點看，贊同並強力推崇流行的普世價值觀，這樣的能力也許是一個人可以開發的最有效的力量。英國的制度對雙方都產生作用，有些人的頭腦也許不那麼精明，或者說是平凡或者敏感的，但是如果擁有一間辦公室或一個職位就可以提升他們的價值，因為這能賦予他們更大的信心和決策力，教會他們公正和仁慈地表現自己。我知道很多的人，具有真實能力和創造力素養的人，他們的頭腦卻因地位和辦公室而窒息或受到約束，因為贊同世俗標準，並由此贏得尊敬是很容易的，但也會犯下致命錯誤。

　　這樣一來，有思想有見解的人常常處在非常困難的境地。首先他與絕大多數人一樣，需要有一定的工作和與社會的切實關係；然而另一方面，假如他重視自己的素養，被繁忙的公務和無聊的事情所困擾而不堪重負，他就絕不

能這樣。在所有這樣以建立組織和團體為目的而形成的群
體當中，英國人往往在程序和財政方面失去了自我，他們
把衝動和理想制式化，他們不得不做出全面妥協，編造一
個不會讓任何人滿意的制度，然而卻不能為公開的不滿找
一個藉口。最近我一直在讀《卡萊爾的生活》，這本書使
我深有感觸。也許是天意的引導，卡萊爾從未獲得任何官
職。有一段時間，他一直努力想得到一個教授職位，如果
他真的當上了教授，他演講的自由也許就會受到限制，他
的翅膀就會被剪去。

　　喜歡沉思的人，他的目標就應當是從事某種確定、簡
單、一般、具有無可爭辯實用性的工作，盡可能長遠一些
規劃自己的理想。假如他不這麼做，他就會失去判斷輕重
緩急的能力和現實感。他逐漸埋沒在各種藝術的幻想當
中，開始高於一切地評價藝術品的品味、色彩和自然美。
如果他能把握生活，他身上似夢的特質就可以啟發和擴展
他的創作，使他的創作富有成效，引發聯想，獲得平衡和
生命力。儘管可能變得華而不實和無趣，但假如你的抱
負本身就設定為獲取顯赫地位和名聲，贏得更多的尊嚴和
薪水，那麼這樣的抱負就會轉化成一種更有活力的力量，
能夠轉動世界之輪的力量。這樣的抱負不是一心想擊打水
面，掀起波浪，發出濺潑聲，而是盡可能迅速地悄悄流淌

在寂靜的田野和樹叢裡，從一個水閘到另一個水閘，從一個磨坊到另一個磨坊。一個人這樣想到的抱負是一種志向，並不會因為具有突出的觀點而聞名，也不會因為他們有魅力的演講而受到讚揚，而是因為以正確的方向改變時代思潮，增加能源和勞動力，促進社會秩序與和平事業的發展感受到更深切的、更真實的快樂。那麼，你關心的不是優雅地跨越驚濤駭浪，而是關心風的祕密，海水跳躍的脈搏。身處世界各種力量的內部，順應自然力量，不是從中捕捉因勝利和獲得掌聲而產生的無聊樂趣，這樣你就能開始察覺到無限的快樂。

也許我可以謙遜和感激地說，這是我從長期壓在我頭上的那片烏雲那裡收到的禮物，讓我真正感覺到了個人名望的卑微，甚至醜陋，還有名望陰暗的欺騙性 —— 令人疲憊不堪、沉重、舉步維艱的生活陷阱。結果表明，光榮變成了那種愚蠢和浮躁的遊戲，得不償失。如果你不是透過運用才能獲得樂趣，或者說不是為了快樂地看到好的想法不斷增多，偉大的思想不斷發展來施展自己的才能，只是為了在可笑的隊伍裡獲得昂首闊步的快樂感，或者為了占據榮譽席位，並把這些作為自己努力的目標，那將是非常無趣和令人痛苦的事！

在這個問題上欺騙自己是多麼容易！貪圖虛榮的力量

是很微妙的，所要遇到的進一步危險就是你認為自己是高貴的，其實是平庸的，你使自己穿上了長袍，驕傲地擺出超凡脫俗的樣子，而實際上卻成了崇拜權貴的勢利小人，這是最卑鄙的事。由此看來，尊重常識、做一個正派的人也許可以拯救我們。請允許我坦率地講，對像我這樣的一些作家而言，熟練的寫作技能和手法可以使他們的作品有著一定的吸引力，獲得比較廣泛的歡迎，所以來自各地的很多讀者私下、感人、有趣的交流很難不使他們洋洋得意。但這不能作為追求虛榮的藉口！你可以很清楚地看出虛榮心是從哪裡來的。如果你直率而又誠懇地寫作，結合富有同情心的構思，就會有許許多多的人向你敞開心扉。無論是男人還是女人，只要他們覺得自己寂寞，得不到安慰，處在性情不同的人們之間或不舒服的環境裡，一旦他們了解到作家在許多方面也是常常遇到許多挫折，並且不會為自己的坦白而感到羞愧，他們就會和作家攜手。也許沒有誰能夠比我更完美地意識到這一點，因為我在實施自己的計畫或者讓我的觀點在世界留下印記時就遭遇過多次失敗。該來的失敗一定會來，但是我的失敗並不是因為我能力欠缺，而是因為我意志薄弱和本性淺薄。我這麼說不是滿不在乎，而是坦率的，而且我希望我能有另外的想法。但是，儘管我沒有能夠使自己的願景和希望活起來，

流行起來，我並不懷疑其實質。所有我沒有抓住的機會，所有我犯過的錯誤，就像烏雲緊隨我身後，我的怯懦的心，虛弱的心，都是我高興地看到並承認的事情，因為這些事情讓我知道自己在什麼地方，屬於哪個等級，並且使我找到了與自己能力、資格和才幹相稱的位置。如今的酒店老闆往往為自己的謙卑而感到驕傲，並感謝上帝自己不像法利賽人那樣偽善。但是我可不想那麼做。無論真實情況多麼艱難，多麼醜陋，祈神保佑的禱告就是去了解真相，所以，當你深陷絕望的泥沼，掙扎著從一大堆聖經文本爬出來，這些書是為了填補這裡泥濘的路面從車上傾倒下來的，你的雙腳就踏上了朝聖之路，穿過田野，越過高山，天國珍珠般的光芒依稀可見，清新的空氣裡隱隱傳來美妙的樂聲。

24

　　溫暖的輕風平靜地從南邊徐徐吹來，承載著神祕的希望和未解之謎，呼吸著生命的氣息！想一想吧，風看不見地吹過樹林和灌木叢，從甦醒過來的花蕾和含有樹脂的萌芽中收集上千種芬芳的氣味，這時所有人都會欣然地相互面對，手尋找著手，目光尋找著目光。春天也出現在我面前，跳躍在我的血液裡，不是狂熱的躁動，而是清雅的小步舞或孔雀舞，也許還要講究儀式，有彎腰、鞠躬和莊嚴的求愛，雖然如此，也是一種追求，就是為了活著，這就足夠了。每一個我忽視了的動物都充滿著神祕的快樂。你看牛棚裡的母雞，用力地在地上刨食，往後退幾步，用凶猛的眼睛檢查著刨過的地面，然後果斷地啄食；還有那爭分奪秒吃草的羊，牠們似乎在說：「是的，這是我，就在這最好的地方，吃著世界上最好的食物！」

　　教堂破舊的塔是迷人的——它俯身看著我，塔樓窗戶裡閃爍著莊嚴的光芒，塔下是一片果園。孩子們撒野似的從學校衝了出來，飛快地在街上跑著，跑動的小腿形成了密集的隊形，迫不及待地盡可能跟上節拍。沒有生物提出任何問題——為什麼出生，走向何方？生活只是蹦蹦

跳跳，充滿著興趣和歡樂。花草同樣是這種感覺，它們的方式更安靜，它們睜大著眼睛凝視，向空中呼出清新的氣息。正巧在我路過的時候，陶醉於一百年迷人的印象，潛在的思緒輕快地掠過我的腦海。「是的，在我的前面有著各式各樣的東西——工作、信件，這些不會花費很多時間，然後會有夜晚，我將見到 A 先生或 B 先生，要談論的也許是這個，而我要告訴他們的是那個。是的，一切都沒有什麼關係。」很難說清楚對生活的這種歡快的欲望到底意味著什麼，但是你不會停下來問問題。那個時候一切都是那麼完美，但是現在，當我想把這些記下來，那裡面似乎什麼也沒有。我大笑是因為我高興，我高興是因為我活著。我想過自己度過的五十年嗎？從來沒有。當我路過教堂墓地，看到一堆堆亂蓬蓬的雜草和傾斜的墓碑，突然覺得心裡一陣刺痛，為那些注定要躺在黑暗的土裡，肩並肩長眠的人感到難過和惋惜，因為還有那麼多的事需要他們去做的。即使這樣，瞬間又讓我有了這樣一個感覺，那就是他們是在忙碌著，生命一直就在那裡，沒有比以前少，也沒有比以前多，那種生命是不可能消失的，沉思中，我開始想起已經故去的兄弟姐妹，他們遭受了巨大的變化，但是我知道他們仍然存在於什麼地方，過著與在世時一樣歡快的日子。

　　也許並不都是愉快的！一個有殘疾的男孩，兩隻手又
細又長，坐在村舍花園裡，在我經過的時候對我露出渴望
的微笑；但是我覺得，即使他這個樣子，春天的天使正俯
下身子，親吻著他那蒼白的額頭，低聲說出一定會發生的
事情的祕密。我認為，我們每個人都有自己的快樂，這就
像我們需要忍受痛苦才能教會自己並懂得我們是有福的。
對此，我無法解釋，也無法理解，但是假如我能夠的話，
那就不需要黑暗和沉默的時刻。我們有時不能得到我們希
望得到的東西，但是在我們身後和周圍有著某種巨大的潮
流隨時隨地在承載著我們。有時候，我們隨著清澈的溪水
漂動，兩邊長滿新鮮的水草，我們就像綠色的枝條，朝著
一個方向隨波逐流。有時候，我們會在不動的死水裡保持
平衡的姿態，有時候，我們穿過一道道咆哮的閘門，或者
改變航道，遠離世上的汙穢。然而，我們吃苦受難只是愛
的一個條件。假如我們愛的話，我們就必須經受磨難，無
論我們的愛能否獲得完整的回答，無論我們是否不得不承
受那些我們愛的人為我們帶來的痛苦。但是最讓我們感
到悲傷的愛也許來自我們的自私自利 —— 因為我們希望
為自己、為自己的快樂、為獲得其他人的愛而提出要求。
我可以肯定，磨損我們的就是這個 —— 自私的愛。即使
現在，到了我這個年紀，我會想念一些朋友，其中有一個

朋友，他的形象在我寫作的時候偶然使我想起他來，我想確認我們的友情，可是我確認不了。他像我一樣也是個作家，但是我們之間的友情卻遭遇了某種陰影，在某些方面他不信任我，他不會把自己心裡的想法告訴我。現在，在這個季節，當生命求助於生命，各種願望以某種方式編織在一起時，我內心溫和地渴望轉向他的思想。我想與他為伴向前走去，像以前那樣交流想法和各種幻想。但是他離我而去，我恨將我們分開的那片陰影，無論那片陰影是什麼；接著，一種懷念之情也出現了，我渴望見到和接近那些我曾愛過的人，他們站在死亡的另一邊。我想見到他們，與他們輕鬆相處，吸引他們和善的目光，告訴他們我一直深愛著他們。但是今天，在生命和希望這一神聖的躍進當中，他們似乎一如既往地在我附近，比將我們隔開的水晶之牆珍貴一百倍。

在我患病的那些令人苦惱的日子裡，讓我最為心寒的不是別的，而是孤獨。那些緊張和疼痛的細胞似乎把我禁錮起來，讓我一個人獨自悲傷。我無法伸出手來求救，我沒有可以給予的愛，同樣也獲得不了別人的愛。我只是知道愛就在我身邊，就在我頭上，可是我感覺不到，當我感覺到了，愛又像是煮滾的水讓我覺得燙手。我記得，有一天我去一個可愛的地方尋訪，我小的時候曾在那裡居住

過，那裡的每一個角落、每一條街道、每一棵樹都充滿了我對那時無憂無慮的快樂時光的回憶，無比親切，無比美好。但是經歷過的事看上去像是遙遠的圖像，塗抹著燦爛的色彩，永遠失去了。我疲倦地在林中的一條小徑上坐下來，這條小路長滿了綠草和茂盛的枝葉，優美地通向這片林子的深處，這裡有高聳的柏樹和樹幹暗紅的松樹。作為一個快樂的孩子，我曾常常來到這裡，心裡充滿著一本正經的事和計畫。那裡有青色黏土從溝邊滲出，我們常常用栗樹葉子把這些黏土包起來帶回家，捏模型玩。帶著泥土芳香的松樹針必須夾出來，還有帶有辛辣氣味的綠松果，都會被我們祕密地儲藏在倉庫裡。我們家門前的路走到另一頭，那裡有一個明亮的幼兒園，我可以在那裡吃到新鮮的麵包，然後看看兒童故事書，和父親一起看上半個小時的圖畫，或學著畫畫……接著就是道一聲晚安，似乎我們要永遠地分別，上床睡覺是難以忍受的事，只有在另一個充實美好的新的一天開始之時，聽著花園裡鳥兒們在枝頭鳴叫，你才可以安心睡覺。這一切都讓我回想起來，既然我似乎就這樣與生活和希望分離，我祈禱死亡。

現在，我帶著一顆孩童之心回來了，傾聽著生活的每一種聲音，嗅聞著生活的每一種氣味，覺得還像以往那樣清新，充滿了快樂。為了這個，獨自穿過黑暗是值得的。

還是現在，我甚至不渴望充分利用每一分鐘，在臨終之前品味生活的美妙，奢侈地享受悲痛。可是以前，當黑暗降臨，我卻不知道。我希望在末日來臨之時接受死亡，我想知道死亡是怎麼回事，我想知道死亡的奧祕，我想展望死後的生活，我想緊緊握住所有我愛的人的手，不再愚蠢地把時間浪費在對死亡的誤解和死亡的神祕方面，只是把自己的感受坦白地說出來，理解他人對死亡的認知。我該怎樣才能描述死亡所承載的全部意義？但是現在不能僅僅是尋找各種情感，在這些黑暗逐漸加深的日子裡，我希望每一個瞬間都去感受和品味萬物的精華，任何時候都不願意我的盛宴受到干擾。如果可以的話，我倒渴望以這樣的方式活著，什麼都不拒絕，什麼都不躲避。

當我經過路上的一片灌木叢時，我聽到一隻畫眉以牠明亮的嗓音悠閒而又緩慢地發出極其優美的音符，充滿著生命和快樂，那是牠對生命的思索。一天的辛勞和探索結束了，光線順著橙色的通道在紫色的雲島之間向西聚集，在這個思考的時刻，畫眉說的和唱的就是這個 —— 生活的熱情和生活的美好。即使這樣我也要說出自己的想法，根據現實和體驗唱出自己的歌，而不是在贏得歌唱權利之前怨恨無聊時光的流逝。

25

　　透過體驗，我已經懂得了過於喜歡一個人獨處並不好，可是我還沒有學會不去享受孤獨。孤獨是一杯不錯的美酒，但是慢性毒藥潛伏在淡淡的、珠狀的、琥珀黃的透明體內。這是有害的，因為在孤獨的氛圍裡，思想沒有得到檢驗地按照自己的行程繁忙地運轉著。對像我這樣比較拘謹的人來說，不得不與人們交際，加入他們的群體，找到使他們感興趣的事物，遷就他們，觀察他們的目光和姿態，試圖做到討人喜歡，一般情況下很少是出於同情，而是出於禮貌，一種真實而又有益健康的克制。我不想讓自己成為無私慷慨或親切和藹之人；但是，假如某個人，他的陪伴使我不滿意或不高興，而我還要表示感激，因為我畢竟得到了寬慰，或者為了照顧其他人的情緒，這對我來說就是一種痛苦。無論是不是利他主義，或是禮貌，或只是為了自我利益，那都無關緊要。任其自行發展，我的頭腦形成一種呆板的思潮，邁著沉重的步伐沿著被踩出的路走著，就像在持續不變的風中，旗子只能朝著一個方向飄動，結果造成萎靡不振、病態的精神麻木。我的思緒變得停滯不前，而正是不流的死水為各種黏滑的、螺旋的、弛

緩的半動物、半植物的東西提供了繁殖的機會，使它們在溫暖的水裡相互擠在一起；然而，生命的觸動使水變得新鮮，有了生機，就像一個水塘，溪水源源不斷地流入，泛起漣漪。

但是有時候沒有選擇，那年夏天我住在克拉莫克湖畔。我的朋友因事去城裡出差，而接下來的客人沒有按約定的時間到，要等到星期一才能來。所以我不得不獨自住在這裡，決定好好享受孤獨的滋味，就像你藉口生病逃避訂婚那樣的享受。吃過早飯，我像一個幸福的朝聖者快速走出房門。我帶上手杖，準備了一些食物，還有一個筆記本，沿著一條狹窄的小路，一頭栽進山林裡。順路往前走，我望見兩座傷痕累累、顏色暗黑的山，兩山之間是一條水流湍急的河谷，我拖著沉重而又緩慢的步伐繼續走著，四處張望，我的思緒就像湖中的睡蓮懶散地搖擺。那天天氣非常炎熱，我學著古代吟遊詩人的樣子，獨自一個人，連同我狹隘的靈魂，在溪谷停留了一會兒。蒼蠅在我身邊嗡嗡地飛來飛去，太討厭啦。小路很快消失在半山腰，我一會兒走在翠綠的草地上，一會兒走在從峭壁滾落下來的灰色巨石上。我吃力地穿過長滿野桑果的雜木林，或蹚水越過滿是野草的沼澤。起伏的山地在溪流轉彎的地方靜靜地重疊起來，形成了層層褶皺，籠罩在一片金色的

薄霧當中，真的美極了。直到我走了出來，站在長滿草的山脊，我才發現自己四周是大山的綠色山肩和崎嶇的扶壁，向下俯視，我看到溪水流向另一條河道。在平緩的大溪谷另一端，我看到了田地和樹林，湖光的閃爍，一座聚集許多房舍的灰色小鎮，整個場面看上去就像是一幅古畫的背景。我曾常常感到困惑，古代畫家如何能夠想像出世界的美景，想一想自身視野外的一些東西 —— 因為我們往往看到的是我們學會看的，我們的父輩已經看到過的，而不是我們的眼睛真正注視的 —— 再想一想我們不成熟的處理方式，我現在明白了，世界其實是我們真正看到的樣子。那裡的山望過去一片碧綠，山那邊峭壁的曲線和斷面，如果當成微縮景觀來看，真的像是牛乳布丁的錐形截面，用一支勺子就可以放到嘴裡 —— 一個粗俗的比喻，但是我找不到別的什麼東西來描繪，這個地方看上去真的不像是山體受到過那麼嚴重的風化和磨損，倒是像淘氣的孩子們用手堆起來的沙丘，沒等工程完成就遺棄在那裡。我不禁想起詩篇裡的一句話：「他的雙手準備好了旱地。」

　　爬到山頂，這裡的空氣新鮮清爽。我跟隨著溪水來到其隱祕的匯集處，在這裡滿溢的溪水形成了一個池塘，所有匯到此處的溪水在柔軟的水中蘚類植物的阻擋下得到了緩衝，悠閒地在池塘中安靜地歇息，蘚類植物叢中金黃色

的水仙豎起強壯的尖峰，這可是山地最可愛的花。

　　我在那裡吃了點東西，喝了些水，就像山裡的老人那樣，我看到了上帝。

　　是的，我看見了祂，感覺到祂的存在，在祂的巨手之下休息，感受著他那耐心的感化。所有這一切瞬間降臨到我身上，還沒等池塘邊的水滴形成水珠，滴落到下面的石頭上，又瞬間離我而去。我與主同在，聖靈如此古老、如此英明、如此偉大，所以我馬上懂得，困惑、悲傷和抱怨是多麼愚蠢的行為，因為上帝的法則是那麼令人敬畏、那麼令人恐懼，所以我們應當為自己脆弱的心得到上帝法則的支配而感到欣喜若狂。祂的款款柔情是那麼盡善盡美和包羅萬象，不容你有絲毫懷疑和煩惱。假如祂是嚴厲或冷漠的，那是因為祂等待得太久，或需要等待得太久，所以不得不這樣。祂曾飽受磨難、忍辱負重、悲傷哀痛，所以疼痛和悲傷對祂來說不過是飛鳥掠過的影子，越過一片金色的麥田。祂的安排有著廣闊無垠的空間，是那麼令人難以置信，令人喜歡，又是那麼平靜，無法用語言表達，所有曾活著的男人和女人們，他們的疑惑、憂傷和悲痛不過是浩瀚大海上的波紋而已，那是願景。就在這時我感覺到了希望、急切的期盼和深遠的愛，覺得自己完全被吞沒，包裹在其中，就像漂流的水滴陷入睡著的湖的胸懷。

　　我的罪惡和痛苦，我的抱負和夢想終究有什麼關係？它們已經為靈魂做完了自己的工作，落到了地上，就像枯葉從林中的樹上飄落下來。假如你能保持心中神聖的火焰不滅，生活該是多麼容易。我知道生活一直不那麼容易，而且也不會容易；但是，有個念頭在我腦裡一閃而過，我似乎看到自己在向前行走，也許有點困惑，不堪重負，可是又有些興高采烈，積極行動，直到我的靈魂在夜間開始呼吸，又一次與上帝結合在一起，沒有悲哀地感覺到複雜的軀體使我產生的隔離感，儘管無限的夢想被幽禁在這裡。

　　我的右側是齜牙咧嘴的峭壁和一堆堆滾落下來的石頭，這些東西激起我的鬥志，最終我爬上了高高的山頂。世界展現在我面前，我看到平原上一片片田地和散落的灌木叢，沐浴在陽光裡。再往前看，有一處藍色的大河口，河面在這裡變寬，形成大潮，河口邊有許多房子，高聳的煙囪冒著炊煙。我喘息著在陰涼的山裡走著，呼吸著新鮮的空氣，想到男人們在悶熱的廠房裡辛苦地工作，孩子們在窮街陋巷裡玩耍，女人們在霉臭的屋子裡照料嬰兒或準備粗劣的飯菜，我突然覺得非常恐怖。讓我驚愕的是，這麼多年了，生活怎麼變得這麼醜陋，這麼粗劣，充滿了這麼多的汙濁和塵垢，這麼多的嘈雜和憂慮，這麼多的髒土和汙染？如果你是勇敢和有愛心的，你能自然地投入當

中，為弱者而戰，把你的快樂拿出來與他們分享，慷慨地獻出自己的時間和金錢，使自己的生命投入受到汙染的生活溪流裡嗎？阻止你這麼做僅僅是因為你過分講究、軟弱和自私嗎？

　　是的，從某種意義上講是這樣的。假如我充滿憐憫之情、充滿愛心、充滿力量、充滿希望，毫無疑問我會向下走入混亂當中，和那些男人和女人們一樣，走入茫茫的生活海洋，而且不會覺得自己為他們帶來了珍貴的捐贈和令人欣慰的理想，就像把禮物從盒子裡拿出來分給他們；更不會感覺到自己以冷酷的正氣，高傲的理念去責難或勸阻他們 —— 不過僅僅是因為我無力幫忙，就像我幫不了溺水的同伴，或救助某個動物使其免受殘忍的虐待。但是，我其實並不希望用微妙的理由替自己辯解，或者聲稱我已經盡責做了自己適當的和足夠的工作。然而，我可以肯定，假如由於羞恥感和正義感的約束，我真的將自己綁定到這樣的工作上，我也沒有什麼可說的，沒有什麼可給予的，因為我沒有儲備力量、勇氣或希望，慷慨地用在那些不幸運的人身上。我所需要的是可靠的實證，確定的教條、主義，有說服力的勸導，說明自己就走在正確的道路上，還有堅定的信念，知道用什麼樣的行動和思想可以為那些社會環境差，生活壓力大的人們帶來幸福。像這樣一

些被遺忘的人形成了城鎮的浮渣和沉積物，我能給予他們的，他們哪樣都不需要。他們想要的是粗野的親切、溫柔的蠻橫，快樂的耐性、令人信服的常識和簡單的直白。他們不會懂得我的語言，更不用說從實質上懂得是什麼困擾我的願景，是什麼激勵我的夢想。我能給予他們最好的是某種充滿熱情的希望和美的感受，但這些對他們來說似乎僅僅是我的抒情曲和狂想曲罷了。還有，你愚蠢地犯下錯誤，允許自己摸索著巡查這些城鎮，似乎居民們都過著不穩定和黑暗的生活，意識到惡劣的環境和條件，渴望光明和美。他們中大多數人想要的可絕對不是這些東西，他們非常滿足於自己所找到的生活。勞動並不會使他們感到煩惱和沉重，他們僅僅是把工作很自然地當作生存條件，他們尋求利用濃烈的樂趣、吃的和喝的、喧鬧的交往和群聚的興奮來填充自己的休閒時間。男人喜愛他們的狗，喜歡賭博、足球比賽、出遊。女人喜愛她們的家和孩子，喜歡料理家務和女人間的閒聊。藝術、音樂、詩歌對他們來說不過是枯燥乏味的東西，令他們厭煩。他們不需要這些高雅形式，認為這些是無用之物。對我來說，我不能要求他們認為需要培養自己的藝術情趣，只是希望他們能感覺到自己需要這些東西，並渴望獲得這些東西。如果什麼時候他們需要，我希望能透過一些媒介手段把我珍愛的藝術作

品推薦給他們。其實我真的認為，人類的生活和希望正在慢慢地擴大和提升，但是在我看來，上帝似乎在按照自己的步速，以自己的方式行進著。想像一下，正在發生的事情對我來說好像是這個樣子，一位父親帶著孩子爬上了山，他們已經站在崖頭山頂，看到了山下遠處的房子、花園、屋頂、煙囪和小巷。孩子們又是笑著又是焦躁，就會勸父親帶他們直接下山，離開這到處是峭壁的地方——這是最快捷的方式，可是這個時候天色已晚。他們完全可以看得出來，下山的路就像是一種樓梯。但是父親知道，他們必須背棄目標，順著傾斜的山肩，穿過蕨叢坡地，才能安全地從山上下來。這樣看起來多走了很長的路，但只能這樣！

然而，有些財富似乎就這樣浪費掉了，有些精力就這樣犧牲在微不足道的抱負和世俗的快樂方面，有些好逸惡勞的惡習就這樣養成了。其實，有時候，看上去似乎有兩個偉大的靈魂在相互作用，而不是一個。明亮的靈魂渴望健康、樸素、正義和恩情道義，但是其強度不足以使人們也渴望獲得這些品格。黑暗的靈魂則喜歡毀滅性的興奮和刺激，喜歡能夠召喚死亡、懶惰、性欲、疼痛、破壞的那種快感，並借助面紗隱藏其欺詐伎倆以滿足自己一時的快樂。而最糟的是，黑暗靈魂的這一邊似乎有許多東西是可

感覺到的、實用的和真實的，而明亮的靈魂卻無可奉送，只能提供模糊的夢想、星空般的沉默和幻想的欣喜。

不，我必須緊緊抓住自己手中纖細的繩索，我必須盡可能悄悄地致力於自己的工作和任務，雖然這看上去是那麼瑣碎和空洞，但我必須忍受著這樣的感覺，在緊急的戰鬥中，我也許只是一個躲藏的和虛弱的叛徒。然而我確實全心全意地渴望簡樸和真理、有次序地安靜工作、和睦和樂趣。假如我知道如何去做，我願意將自己有限的所有奉獻給他們。我願意看到每一個人的生活健康和真誠，充滿著善良和有益的勞作，還有熟悉的家庭生活方式。我願意給予他們工作、愛、歡笑、睡眠，這樣一來，他們每天就會睜開眼睛看著大千世界，望著大地上那山山水水、變換的季節，在祖輩留下來的田園不僅急切地想做一些辛苦的農務，也可以安逸地享受休閒時光。我願意讓他們膽子大一些，勇於冒險，但是他們的勇猛行為不應該傷害人類或野獸。他們應當是驕傲的，而不是虛榮的，不能是卑鄙的，也不能是貪婪的，不能心存怨恨，也不能憂鬱悲哀，所有這一切似乎都離我們不遠，觸手可及。然而，由於愚昧癡迷、卑怯的錯覺，世界似乎轉身背對著所有這一切。

我獨處的那個地方一片安寧，似乎是一種沉默的責備。因為寂靜山林的妙處在於沒有悲慘的回憶或邪惡的造

物出沒在那裡。悲慘的事、骯髒的事或討厭的事永遠不可能在這裡發生，沒有什麼東西可以玷汙回憶或為回憶籠罩上陰影。只有跟隨羊群孤獨的牧羊人，或者無憂無慮、快樂無邊、健壯的旅行者，或者是像我這樣獨居的夢想家才能穿越這些斜坡，留戀地睜大眼睛望著希望之鄉。

　　蒼蠅撲打著翅膀在蕨類植物上盤旋，蜜蜂嗡嗡地在麝香草地上飛來飛去。甲蟲跌跌撞撞地穿過草叢，沼澤鷸鴒焦急地從矮樹林裡飛了出來，羊群在山坡上吃草。即使在這裡，毫無疑問也有著莫名其妙的疼痛。吃草的羊踩碎了草叢裡的蟲子，大鷹襲擊顫動的鳥巢，羔羊在刺骨的寒風裡瑟瑟發抖；但是這種痛苦與我的不一樣，因為牠們用不著去思考。怎麼這樣容易就形成了所有這些差？為什麼悲傷應當是這個樣子？牠們不會由此受到精神折磨。然而，世界已經相當美妙，相當美麗。即使是在我若有所思地凝望著斜陽西下的時候。我激勵自己，努力越過岩石，走過草地，踩著碎石向山頂爬去。金色的陽光灑向群峰，一座山又一座山，一道峭壁又一道峭壁，遠看過去是那麼柔和、那麼朦朧，可是靠近去看卻是那麼穩固、那麼強壯。山谷似乎充溢著金色的霧氣，湖泊就像是一面銀盾，歷經數不清的打磨閃閃發光，泉水在山澗順流而下。這情景頗讓人心潮澎湃，憧憬著把眼前的美景全部裝進心裡，光與

影，高山與溪谷，那麼耐心和平靜地等候著，可是等候什麼呢？這時太陽已經落山了，拖曳著橙色的裙狀暮光越過霧濛濛的海面，一陣愜意的清涼掃過樹林和田野，在這大熱天裡使人精神為之一振，萬物似乎在愉快的疲倦當中更自由地呼吸，生活在記憶和夢想裡，空氣急切的流動和沉默的黑暗之間為我們精力的恢復提供了一個小小的間隙。

　　最後，趁著漸濃的暮色，沿著身邊流淌著的清爽溪水，我活潑而精神飽滿地踩著碎石走下山來，一直走向我熟悉的林間空地。

26

　　威廉·莫里斯[11] 在他狂熱而又陰鬱地煽動民主思潮期
間，曾向一位朋友寫過幾封信。他在信中提到了自己不
得不暫停下來的文學創作，並說道，如果能夠在偏遠鄉下
的小屋裡繼續寫下去，那該是多麼快樂的事，最好是金秋
時節，因為他對秋天的喜愛程度甚至超過春天，我認為所
有忙碌的人都會有這樣的感覺。我記得在我擔任小學校長
時，整天忙於學校的事務，還要批改學生作業，盡可能快
地趕工，就是為了及時做完所有工作，而這個時候我常常
會產生強烈的厭惡感，頭腦裡會閃現出一些地方的景色。
一般來說都是我知道的和喜歡去的地方，最渴望見到的是
那些老宅子，例如位於康沃爾的房子，一半是莊園，一
半是農場，周圍有穀倉、畜棚和乾草堆，半山坡的山地長
滿了灌木叢，有幾處幽谷，幾條小路，斜向下沉到峽谷那
邊，那裡每天會靜靜地出現兩次潮汐。當海水搖動著亂蓬
蓬的海藻，聞一聞大海的氣息，聽一聽橡樹林裡落葉被風

---

11 威廉·莫里斯（William Morris, 1834-1896），英國設計師、作家、畫家、
　空想社會主義者，同時又是英國社會主義運動的先驅者之一。代表作：
　《約翰·保爾的夢》和《烏有鄉消息》等。

吹起所發出的沙沙聲和枝頭上鳥兒明亮的鳴叫聲，只要在那裡站上一會兒就足夠了！還有一天，我在閱讀介紹詹姆斯‧佩恩（James Payn, 1830-1898）生平的傳記，他可是一位富有獨創性的作家，晚年非常喜愛小城生活，喜歡去俱樂部平靜地打一會兒牌，而且婚後他像個年輕人那樣生活著，住在一個村舍式的小別墅裡，家不遠處就是瑞德爾峭壁。瑞德爾，有著高聳的瘢痕、長滿蕨類植物的山坡、幽暗的湖水、島狀的灌木叢、邊緣曲線優美的蘆葦塘。放下書本，走進孤寂的山裡，住在那裡，呼吸著新鮮空氣，望著山水流入岩石堆裡的一個個水池，這看上去要比帕摩爾大街閒逛好得多，倫敦這條多家俱樂部聚集的街道，空氣裡充斥著狂暴的吼叫，擠滿人的俱樂部裡傳出低沉的私語聲，聽不清他們在說些什麼。

自從我的生活出現了新的轉折，當我在英格蘭一些偏遠的地方遊蕩，看到沼澤地邊上孤獨的田莊和農場，或科茨沃爾德丘陵上的果樹園和小村莊，還有靜靜地站在那裡的石牆房子，我常常會想到，在那裡生活該是多麼輕鬆、美好和簡單的事情。奇怪的是，儘管我嘗試過，也覺得自己的想法有點荒謬和空虛，錯覺卻以一種幾乎不可抑制的衝動困擾著我。這是你所需要的精神上的恢復；是生活的對比，不是生活的改變。退回到這些可愛的地方，遠遠地

走進樹林和荒野去漫步，忘掉生活的喧囂和塵埃，擺脫身邊瑣事的糾纏，觀察植物和樹木精緻的樣式、牧場和耕地的漫長輪廓，穿過古老的村莊，看看居住在那裡的人們，看看被村民長期使用和照料的村舍，這足以使人感到親切，有益於你的身心健康。我認為，只有這樣你才能夠恢復平衡，重新回到正確的軌道，啟動受到侵蝕的頭腦。除非你真正地生活在他們中間，否則你不可能生活在這些平靜的場景裡。你也許希望命運使你成為樵夫或牧羊人，無疑，無數老一輩農民和勞工的血液流入我們的血管，致使我們以那麼溫柔和急切的愛看待這樣的場景，這是事實。但是生活和環境使我變得與眾不同，我的才能沒有得到發揮，或者說遭到了幽禁，所以我不得不忍受疾病的折磨，這是必然的結果。只有極少數最強壯、最純真的人，例如詩人華茲華斯（William Wordsworth, 1770 － 1850），他們才勇於平靜地過著與世隔絕的生活。就華茲華斯的體驗而言，為了使自己能夠自我專注地進行寫作，也是付出了沉重的代價。

　　儘管你做不到，你仍然渴望與世隔絕，在我看來這似乎是一種論證或推測，即靈魂來自某片神祕的淨土，然後又返回那裡，其驗證期已結束。生命的波動和交換在某種更平靜的存在形式當中不過是一個插曲而已，一旦你甦醒

過來，就像你去上學，學習一些確定的知識，從中獲取經驗。如果生活不斷地讓你失望，你總是處於忙碌的狀態，忍受著各種壓力，遭遇一次次失敗，讓你看不到希望，生活就是過於殘酷、過於乏味的事情，生活本不應該這樣。我認為，這似乎給了我們一個機會，讓我們精緻地表現，收穫愛，證明我們能把目標對準隱藏在所有困難、所有非同質性事物背後的東西。所以，儘管我可以肯定，對我們所有人來說，行動的一生、交往的一生、勞動的一生都是真實的，我們不能希望自己在喜愛的樹林或田野裡一天天地閒晃，看著白天漸漸變成黑天，在露溼的小樹林裡望著滿天的星星。我可以肯定，想要這麼做，渴望在精神上獲得如此激動人心的時刻，非常真實地象徵著某種深切和奇妙的冒險。我曾經聽別人說過這樣一件事，一位工作非常勤奮、信仰非常忠誠的教區牧師假期時與朋友一起來到英格蘭一處安靜而又美麗的地方，他們住的旅館邊有一條小河，傍晚，他們站在橋上望著下面流淌的河水，這時一陣清爽的涼風從山谷吹來，他的朋友開始讚美眼前漂亮的景色。可是疲倦的牧師卻說道：「是啊，是很美，但是對我來說這樣的美是以一種可怕的方式展現出來的。我在骯髒醜陋的地方住的時間太久了，那裡的人們過著最糟糕、最卑賤的生活，所以我已經喪失了對美的感覺，我沒有能力

體會沉默、夜晚和水聲的魅力。這些東西現在對我毫無意義。這只能是對我已經失去的嘲弄般的回音。」我認為，這是非常悲哀的，話裡話外流露出憂鬱的情緒，沒有了熱情，沒有了辛勤工作的能量，沒有什麼能對此做出全面的彌補。他不僅僅已經喪失了對美的東西的品味，而且他還隨之喪失了活力，平靜不下來，高興不起來，這對我們所做的一切形成了潛移默化的影響，使我們的行為變形或變質。你不可能依據某種痛苦和沉悶的習慣開展工作，若是這樣，你所做的一切和你所說的一切，都是為了他人的利益或為他人著想，你就會是迷茫的，除非你能隨身攜帶著魅力和歡樂的泉源。對這件事情的渴望，或對這種渴望習以為常，與你正在做的事情相比，至少象徵著你的心還沒有死。所以你必須把目標朝向合理和適當的調整，你必須使生命、相互來往和同情成為我們日常生活的主流；我們還必須努力保持自己的心理活力，能夠意識到美和寧靜的魅力，正如泛起泡沫的溪流越過堤壩，轉動水磨，衝擊小船，清洗下水道。當然也有其安靜的時候，那個時候溪水漫過靜止的死水，緩緩地在開花植物和野薔薇灌木叢裡流淌，沉浸於蘆葦，放下其所有汙穢的負擔，重新回歸清純和平靜的狀態，讓大地充滿喜悅，為大地服務。

27

　在我的經歷中，致命的重大錯誤在於我試圖浪漫地安排自己的生活。除非嘗試過並遭到失敗，我不知道你如何才能懂得這是不可能的。許多人根本沒有機會這麼做，這也許是一個比較愉快的解答。我在四十二歲時卻發現自己是一個自由的人，經過二十年忙碌的職業生涯之後，我有了足夠的生活資本，沒有債務，沒有家庭拖累。就在那時我形成了一個理想，像詩人那樣生活。我想我能夠讓寫作成為自己一生穩定的營生，這樣的話，我可以過著簡單而又平靜的生活，避開無聊的例行公事和業務職責，只去見我喜歡見的人，學會享受孤獨，隨著生活的繼續，這可是未婚男人必須承擔的生活方式。

　但是你必須順其自然，聽天由命；你必須珍愛生命，不能對生活做出規定。戲劇化自我是很難做到的事情，需要極大的勇氣、極高的創造性、純真的浪漫、持久的熱情、高雅的淡定。在我認識的人中，確實有一些人仍然像孩子玩遊戲似的生活著，玩得很專心；但是在他們處在最好的狀態時，也只能像是躲在某種防禦碉堡裡，那裡的所有設施都被用來躲避生活的開始，即使這樣，大本營通常

還是會有叛徒；喜愛之情就是叛徒，你會發覺自己受到吸引，愛上入侵的宿主，你所有的防禦設施隨之變成了累贅，妨礙你歡迎真正心愛的人。你也許試圖俘獲或綁架什麼，做出了笨拙的努力。假如你不這麼做，舊有的磨難就會重新開始，封閉花園的芳香，遮蔽明媚的陽光。某種虛弱的特質變作叛徒，它感覺寧靜是不夠的，你的平靜一定會引起注意和嫉妒，一點點不滿，一點點失望都會讓你忍受不了，你會想當然地認為老天怎麼對我這麼不公平，就像公主，她不安地睡在鋪了二十層羽毛床墊的床上，因為下面的床墊上有一粒乾豌豆。

　　但是生活本身是我們所需要的 —— 無論是糟透的、嚴峻的、單調的生活，還是令人興奮的、可愛的、甜美的生活。正是我們擔驚受怕的體驗和不得不去征服的體驗才對我們有幫助，而不是我們自以為甜美的體驗。我們必須承擔起自己的職責，哪怕是讓我們厭煩的職責，以便使我們適應暴躁和固執的人。我們也許會意識到自己也有可能做出令人厭煩的事，而且還會懂得我們自己也是有偏見和非理智的人。爭吵、責難，使你失去勇氣的干擾，屈服和妥協的必要性，對悲傷和疼痛的恐懼，失敗，犯錯，虧損 —— 這些事情都能夠淨化你的心靈，為你帶來力量，而不像是在溪水邊的草地上愉快地閒逛。這是回憶結合想

像的力量，這樣的力量能夠使我們準確地知道自己不喜歡什麼，能使我們重新規劃和建立生活，沒有這種力量，就會使我們感到痛苦。但是生命的奇蹟和生命的廣大都存在這樣一個事實，即生活與我們所能計劃出來的、能付諸實踐的任何事情都是那麼不同，確切地說，更加出乎預料、有創造力、強壯、巨大、不受約束、猛烈、真實。在我們年輕、滿懷希望的時候，我們也許認為自己就是荷馬史詩《奧德賽》裡的英雄奧德修斯，耐心、別出心裁、愉快地行走在生命旅程當中；我們排除令人恐怖和危險的事物，從未想過吃不飽、穿不暖的日子，因為我們期望的全都是勝利和凱旋，最終勝利和勝利的感覺 —— 這是我們要求的。

作為替代，我們找到的是什麼呢？錯綜複雜、迷宮似的地方，到處都有死路和高牆下的陰暗之處。無疑，廣闊的地面足以使人愉快，那裡的道路是平坦的，兩邊的花草是茂盛的，樹上累累的果實垂了下來；但是另一方面，我們逐漸意識到出現在地平線上的死亡，無論我們朝著哪一個方向看，等待伏擊我們的有醜陋的東西，巨獸和陷阱，嗓音低沉的魔鬼準備把我們埋入坑裡，就像《天路歷程》裡，「極大的臭氣」橫跨在路上。

錯誤之處在於，不是假如我們覺得自己有多麼英勇，假如我們能有這樣的感覺就好了，而是假如我們覺得浪

漫，期望最後的勝利，相信我們最終將發現生活是富裕和寧靜的，可以贏得所有的勝利。相反，我們必須面對災難和失敗，最後我們知道沒有什麼能夠把我們徹底粉碎，我們沒有必要細細考慮這些想法，不要嘆息自己多舛的命運，所有這些東西只能弱化和消耗我們的精神。我們越常練習平靜和不灰心，不幸的事對我們的傷害就會越少。但是我們沒有必要相信災難、壓力和疼痛都是非常恐怖的事，我們必須勇敢地去觀察，去深切地感覺，去耐心地承受，於是這些磨難就會顯現出其美妙、其力量。

我們會慢慢地意識到，生活實際上是不可思議的事情，無法按照我們規定的條件去進行，而且塑造我們和使我們成長的力量存在於生活的意外性、生活中的恐怖、生活的神祕性、生活的光彩壯麗和生活的高尚音樂當中。經驗是我們每一個人都希望獲取的東西，正是因為如此我們才在這裡，我們不應對生活進行分類和做出挑選。我們必須依靠本能而不是依靠理性活著。人真實的一生在於他的本能，在於使他置身於生活並吩咐他向前走去的不可知的力量。思維能力只能用來感知、分析和安排體驗；但是理性本身並沒有什麼力量，理性是靈魂的眼睛而不是靈魂的心臟。

這樣一來我懂得了，我不僅必須擬定計畫去觀察、享受、辨別和評估各種味道、色調和聲音，而且還必須學會

去愛、忍受痛苦和努力工作，不怕疲勞、悲傷和困惑。悄然而又神祕侵襲我的巨大災難恰恰是上帝的指引，向我指明不要去選擇，不要抵制，也不要坐在偏僻的地方，而是跳入混濁的溪流，衝進荒涼之地。假如我渴望得到救治，就在那裡浸泡七次。

當我坐在自己的室內花園放眼望著遠處的綠地，呼喚我的祝福的聲音是那麼低沉。在我發覺自己心情沉重，厭惡做所有事時，我凝視著世界，對我來說，這個世界已經失去了所有美好的東西和可愛的東西，這足以讓我感到痛苦。但是，既然光已經回來了，默默地走在林間小道上，我沉思著逃脫甚至死亡，格外增添了一種美妙的感覺。有一個地方 —— 非常奇怪的 —— 在我的腦子裡留下了深刻的印記，那裡的牧場從一片榛樹林裡崛起，林子後面隱藏著一條小河。在我忍受極度痛苦的日子裡，我沒有向河邊走去，而是轉身走進樹林，坐在一棵倒下的樹上，四處張望著，下定決心我必須死，因為我已經沒有出路。如果我能在春天裡平靜地置身於花海之中，感覺赦免像潮水那樣向我的靈魂滾滾而來，我願意付出任何代價。但是，在那個時刻，更低沉的聲音以其無比強烈的穿透力毋容置疑地從某個地方傳了過來：「不，你不能這樣，你還有很長的路要走，你必須掙扎下去，承受壓力，忍受痛苦。」既然

如此，經過那個地方現在看來是一件神聖而又快樂的事，因為這個經歷使我重新想起自己的悲痛之時，申斥我的聲音，讓我知道了也許還有很多好日子在等著我呢。

這樣的時刻，對靈魂最有效的就是顯示出了其痛苦的深度，比自哀自憐還要深刻，超越了所有的偽裝、所有的藉口，比任何安慰或愛所能觸及的更進一步。經歷磨難的嚴峻考驗之後，你永遠也不能變得與以前完全一樣，因為你已經看到了赤裸裸的事實；但是你同樣會知道，即使忍受這樣的痛苦，你也完全有可能不受損傷、充滿快樂地從困境當中掙脫出來。

28

　　許多寫入這本書的事情已經過去很久了，幾個月的時間轉瞬即逝，今天是一個非常美好的秋日。天氣晴朗而又平靜，藍天之下，遠處的田野和山谷充溢著金色的霧靄。回到家裡，我站在擺滿書籍的小房間裡，透過窗戶朝外張望。越過一排樹籬，我看到了劍橋校園裡的花園 —— 如此奇特的一處世外桃源，茂密的草坪和樹木環繞的圍場，這樣的幽靜之地竟然深藏在繁華城市的核心區域。街道上傳來悅耳的嘈雜聲，在我聽來是那麼圓潤柔和。高高的榆樹正開始由紅色變成金黃色，教堂牆上的爬山虎將其朱紅色的枝條與暗綠色的常春藤纏繞在一起。落日的餘暉映照在老牆和樹籬上，平靜地逐漸變成淡綠色，多少帶有一點鐵鏽黃色的線條。

　　這種平靜本身對我來說不再是一件需要供給和在思想上屈服的東西，我不再計算胡亂浪費掉的時間。對繁忙而又活躍的生活來說，這恰好是一個美好的背景，充滿著職責和工作，雖然範圍不大，但是值得做，值得愛。我覺得自己還沒有完全從黑暗時刻的陰影裡逃脫出來，悲哀情緒時常無緣無故地在我身上彌漫，偷竊我生活的樂趣，使我

處於異常狀態。但是對此我還是不覺得遺憾，而是覺得應該感激，因為這種狀態能使我回想起自己長達數月的痛苦和憂鬱，以及所有我曾忍受過的磨難。

有一天，我與一位朋友到偏遠的鄉下，前些日子他回了趟老家，在那裡過了幾個星期。他坦率地向我講述了這期間所經歷的淒慘的事。他見到了自己珍愛的一個人，她正在逐漸遠離生活。他不得不忍著悲痛，無助地坐在她身邊，而她則默默地躺在病床上，非常清楚地意識到自己就要辭世了，眼睛裡滿是淚水。他說，根本沒有任何能使她恢復的希望，科學和醫療技術能做的只是盡可能延長正在衰退、即將耗盡的生命，而生命所渴望的只有休息和終止。他說，最悲慘的是，你不能傳達你的想法或你的愛。沒有什麼可以說的，因為任何可能使她激動的話都不能說；你無事可做，只能注視著靈魂被衰弱的軀體痛苦地束縛，慢慢進入黑暗當中。如此不情願，如此充滿痛苦，如此困惑，無論是對於可憐的靈魂本身或者對於那些站在周圍的人來說，墜入死亡意味著什麼呢？難以承受的疼痛，徒勞的忍耐，似乎從人們身上偷走了最美好的生活能量，原來抱有的希望，做一個有用的人的理想都像是被一把火燒掉，使人變得懶散而失去地位。就這樣衰退，對尋求力量的法則和光的法則來說是那麼不光彩，那麼還有什麼樣

有價值的計畫可以被包括在其中呢？

　　我想說的是，死亡的全部神祕幾乎可以證明其碩果累累。一個靈魂也許就這樣以某種程序休眠，淨化其本身，其過程遠比任何智性方面的知覺都要深刻，這完全不在於靈魂是否頑強和嚴酷。我很清楚，我們每個人的身上都有著某種東西需要打破。我們自己打破不了，無論我們多麼悲傷地感覺到不屈不撓這種品性的存在 —— 自信，苛刻地判斷，誠實公正，武斷，不管是什麼，可以強迫靈魂做出忍讓的唯一途徑就是面對難以克服的悲痛或不知所措的恐懼。我們已經面對了，已經看到了沒有光線或希望，卻發現靈魂繼續存在，它是壓抑不了、不滅，且有活力的。於是我們可以肯定，我們被解救的日子越來越近。只有無法用語言表達的恐懼可以為我們提供所需要的東西，因為這種恐懼能夠分解最終構成我們的元素。就像在混亂的夢裡，我們只記起我們曾愛過一些人，或一些人曾愛過我們，過去的往事就會浮現，那美好的日子、快樂的群體、無憂無慮的生活，似乎是那麼令人難以置信地遙遠，是那麼令人感覺無助地悲哀 —— 所有這一切都無可挽回地失去了、毫無成果地浪費掉了、不加注意地享受完了。

　　據一些在病床前照料過垂危病人的醫護人員或主持宗教儀式的牧師講，沒有人臨終之前害怕死亡，這不僅僅是

不斷受著疼痛折磨的軀體渴望陷入昏迷，我相信，這個時候他們的頭腦已經知道，該做的一切都做過了，該邁出下一步，進入新的體驗了，這是很自然、很簡單的事。記得有一次在阿爾卑斯山，當時我還很健康，卻在一處冰隙差一點丟了性命。就在我感覺暈眩，呼吸困難的時候，我及時得到了營救。我當然沒有感覺到恐懼，更奇怪的是，恢復過來後，我的第一個想法不是險境的解除，而是不情願就這麼甦醒過來。一切似乎都結束了，我似乎被什麼東西抓了回來，這個東西甚至比生命更真實。

在身體恢復健康期間，我強烈地渴望活著，過好人生。我現在所做的一切似乎都充滿意義。夜裡睡著的時候，我真的發現自己正在感覺失去知覺的這幾個小時，追趕浪費掉的豐富物質。這一切的背後，或者說超越所有這一切，存在著一種生命意識，遠比任何世俗事物的壓力、獲取知識的快樂、合意的計畫和令人愉快的希望更持久、更真實。一種更深層的暗流，生命存在的暗流，似乎在所有這一切的下面湧動，其外在的跡象並不是生命的有形部分，而是形成了與我這樣的靈魂的親屬關係。在我看來，這些靈魂雖然有著共同利益，能夠部分地填充我自身的存在，但是並不像兄弟姐妹關係那麼明顯。這是生活當中最深切的一種愉悅感，超越所有的物質 —— 欲望、習

慣、姿態、偏見、品味、判斷，所有將我們相互隔離的東西——去感受內在的那種可信賴的、和諧的心靈。友誼、愛情，對這種認知而言是不完善的詞語，這些詞語僅僅是圍繞著內在統一的行為和象徵。我幾乎不知道所有這一切意味著什麼，因為似乎仍然存在著大量的靈魂，你不能就這樣靠近它們。但是這似乎是給予我的最深厚的禮物，使我有能力很自然、不加反抗地去尋找世俗面紗後面那些應答我的靈魂。我覺得，在我患病期間，我的友情不僅成倍增加，而且還以一種我無法描述的方式加深了已經存在的友情，並隨之帶來一種新的力量，無需利用各種儀式進行緩慢的協調。

當然了，舊有的困難還會頑固地重現；但是這些困難是以不同的形式出現的，沒有始終不變的特性，不會在目標和觀點方面充滿敵意。這些目標和觀點以前是無法消除，必須接受的，而現在則作為臨時的調配，可以得到分解。把我們分開的似乎只是軀體投擲在心靈上的陰影。在這個物質世界裡，我們不得不為自己提供吃的食物和住的居所，我們不得不確保自己在社會裡有一席之地。這些似乎還不夠，我們還喜歡占有很多並不一定用得上的東西，因為這些東西可以讓我們沾沾自喜，就像福音書裡的傻財主，好像積聚財富才能保障我們的日子過得輕鬆，過得懶散。

我不能說我已經完全擺脫物質生活，即使你不在乎擁有多少財富，你仍然渴望自己的隱私和安全得到保障，而這些都是昂貴的。我認為你可以看穿這些東西，並意識到所有這些東西的背後有可能存在著一種結合的力量。

　　我真誠地渴望不要把自己的希望和知識儲藏起來。古老的箴言嚴肅而又謹慎地說：「學習所有的知識，做一個默默無聞的人。」我現在卻認為，我知道得越多，我越不希望自己不被人所知。只要保證能夠打破我自己和另外一個人靈魂之間的障礙，沒有什麼事我不願意講出來。

　　我相信你不得不做的就是率真和慷慨地委身於這個世界；當然，你不能口若懸河，擺出一副自我吹噓的樣子，只顧著講述你的故事，像個孩子，除了敘述的快樂，不去想任何別的事情。我的意思根本不是這個，相反，我說的是交流，透過交流贏得別人的信任，與他們建立可靠的互信關係，達成相互理解，了解到我們都專心於平靜和感情，不讓任何傾向或偏見阻礙我們的和睦相處。使我們懼怕的是分離和孤獨，所以不要擔心自己現出原形。

　　這在我看來也許就是福音的中心思想 —— 變得像個小孩子那樣，天真無邪，接受所提供的任何友情，除了分享快樂，什麼都不在乎。這種形象並不意味著孩子必定是完美、沒有缺點的，只能說他們的錯誤和缺點不是冷冰冰

的，或專為自己算計的錯誤，他們的錯誤是因為弱小和無知所造成的。正是假裝自己不是無知、不是軟弱的，才損傷了那麼多可憐的靈魂。快樂不在於了解我們需要知道的東西，不在於自信，不在於我們自誇的效果和對影響力的貪婪。

看到最好的，渴望得到最好的，這就是祕密。正是這個祕密從內向外緩慢地起著作用，轉變和創造美的事物，就像年齡，一旦自我啟程，冷靜和堅定就變得嚴酷，滄桑歲月的磨礪，生活當中的壓力和衝突就會改變你的容貌。

如果可以的話，我們也許應該消除疑慮，那就是從我們這一邊講，沒有什麼能夠阻止別人與我們交往——這是我們能夠做的一切，漠視怠慢、輕視和羞辱，首先是爭取和平共處；儘管戰爭狂熱分子常常宣稱他們的目標是寧靜的和平，但即使是現在，戰爭也是邪惡的。去辨別萬物當中靈魂更深處的暗流，不要受到誤導，不要認為任何有眼力的清楚觀點、任何有藝術表現力的思想表達能夠彌補寒冷的情感，能夠彌補心臟有力跳動的證據。活在當下，為當下而生活，不要生活在夢幻般的記憶裡，也不要生活在光輝燦爛的遠景裡，而是盡可能簡單、謙恭、溫和地處理好自己的生活。

最後我還要說明一點，生活的很多祕密我們還一無所

知，但是我們必須滿足於此，不應覺得有什麼遺憾。想要努力使我們的理論完整，輕快而又得意地獲得肯認，那是無效的。理論常常被用來當作盾牌，人們利用這面盾牌擋住經驗，阻止自己治療不去愛上帝的傷口。

我們以數不清的方式自我防衛，利用工作、財富、安慰、談論、笑聲、哲學甚至宗教，加強對未知事物的抵抗力。如果我們願意的話，我們大家都能體驗的是將自己的靈魂與光、真理和愛連繫起來；但是由於警告、不近人情、懷疑和過分在意有形的東西，那就很容易使心靈的火焰熄滅。我們必須擺脫能使心靈承受沉重負擔的東西，假如我們抵抗慷慨的衝動，學會批評和貶低，將一切歸咎於卑鄙的動機，懷疑他人的善良，造成他人犧牲，努力爭取別人的重視，那我們就是在讓光變暗。我們完全不必為自己的軟弱而慚愧，假如強者的危險在於誘惑其他人屈從於他們的意志，那麼弱者的優勢就在於可以看得更清楚，即使他們實現不了自己渴望的目標；所以，唯一的方式就是向經驗、光明和上帝完全敞開我們的心靈，為自己的軟弱、無知和恥辱而感到欣喜。因為唯有透過這些，真理才能進入靈魂；我們自身的靈魂、其他人的靈魂，上帝——這些是永恆的，不是褪色的輝煌，不是有形世界顯而易見的滿足。

　　因此，在我們分開之前，我只想問一下未曾謀面的朋友，這本書也許會落入你的手裡，與我一起讀一讀古老的《詩篇》；這部聖歌以其溫柔的等待靜候上帝，溫和地承受著檢驗，向所有渴望的靈魂伸出愛的雙手，及其無限的希望，正是我一直努力想說或希望表達的概括和奉獻：

> 耶和華是我的牧者，我必不致缺乏。
>
> 祂使我躺臥在青草地上，領我在可安歇的水邊；
>
> 祂使我的靈魂甦醒，為自己的名引導我走義路。
>
> 我雖然行過死蔭的幽谷，也不怕遭害，因為祢與我同在；祢的杖，祢的竿，都安慰我。
>
> 在我敵人面前，祢為我擺設筵席；祢用油膏了我的頭，使我的福杯滿溢。
>
> 我一生一世必有恩惠慈愛隨著我，我且要住在耶和華的殿中，直到永遠。

官網

國家圖書館出版品預行編目資料

永夜微光，黑夜爐火：劍橋大學本森教授的生命
告白 / [英] 亞瑟·本森（Arthur Benson）著，
邢錫範 譯 . -- 第一版 . -- 臺北市：崧燁文化事業
有限公司 , 2023.02
面；　公分
POD 版
譯自：Thy rod and thy staff
ISBN 978-626-357-048-1(平裝)
873.6　　111021371

永夜微光，黑夜爐火：劍橋大學本森教授的生命告白

臉書

作　　者：[英] 亞瑟·本森（Arthur Benson）

翻　　譯：邢錫範

發 行 人：黃振庭

出 版 者：崧燁文化事業有限公司

發 行 者：崧燁文化事業有限公司

E-mail：sonbookservice@gmail.com

粉 絲 頁：https://www.facebook.com/sonbookss/

網　　址：https://sonbook.net/

地　　址：台北市中正區重慶南路一段六十一號八樓 815 室

Rm. 815, 8F., No.61, Sec. 1, Chongqing S. Rd., Zhongzheng Dist., Taipei City 100,
Taiwan

電　　話：(02)2370-3310　　傳　　真：(02) 2388-1990

印　　刷：京峯彩色印刷有限公司（京峰數位）

律師顧問：廣華律師事務所 張珮琦律師

定　　價：250 元

發行日期：2023 年 02 月第一版

◎本書以 POD 印製